GRöLS
Verlage

„BÜCHER SIND WIE FALLSCHIRME. SIE NÜTZEN UNS NICHTS, WENN WIR SIE NICHT ÖFFNEN.“

Gröls Verlag

Redaktionelle Hinweise und Impressum

Das vorliegende Werk wurde zugunsten der Authentizität sehr zurückhaltend bearbeitet. So wurden etwa ursprüngliche Rechtschreibfehler *nicht* systematisch behoben, denn kleine Unvollkommenheiten machen das Buch – wie im Übrigen den Menschen – erst authentisch. Mitunter wurden jedoch zum Beispiel Absätze behutsam neu getrennt, um den Lesefluss zu erleichtern.

Um die Texte zu rekonstruieren, werden antiquarische Bücher von Lesegeräten gescannt und dann durch eine Software lesbar gemacht. Der so entstandene Text wird von Menschen gegengelesen und korrigiert – hierbei treten auch Fehler auf. Wenn Sie ebenfalls antiquarische Texte einreichen möchten, finden Sie weitere Informationen auf www.groels.de

Viel Freude bei der Lektüre wünscht Ihnen das Team des Gröls-Verlags.

Adressen

Verleger: Sophia Gröls, Im Borngrund 26, 61440 Oberursel

Externer Dienstleister für Distribution & Herstellung: BoD, In de Tarpen 42, 22848 Norderstedt

Unsere „Edition | Werke der Weltliteratur“ hat den Anspruch, eine der größten und vollständigsten Sammlungen klassischer Literatur in deutscher Sprache zu sein. Nach und nach versammeln wir hier nicht nur die „üblichen Verdächtigen“ von Goethe bis Schiller, sondern auch Kleinode der vergangenen Jahrhunderte, die – zu Unrecht – drohen, in Vergessenheit zu geraten. Wir kultivieren und kuratieren damit einen der wertvollsten Bereiche der abendländischen Kultur. Kleine Auswahl:

Francis Bacon • Neues Organon • **Balzac** • Glanz und Elend der Kurtisanen • **Joachim H. Campe** • Robinson der Jüngere • **Dante Alighieri** • Die Göttliche Komödie • **Daniel Defoe** • Robinson Crusoe • **Charles Dickens** • Oliver Twist • **Denis Diderot** • Jacques der Fatalist • **Fjodor Dostojewski** • Schuld und Sühne • **Arthur Conan Doyle** • Der Hund von Baskerville • **Marie von Ebner-Eschenbach** • Das Gemeindekind • **Elisabeth von Österreich** • Das Poetische Tagebuch • **Friedrich Engels** • Die Lage der arbeitenden Klasse • **Ludwig Feuerbach** • Das Wesen des Christentums • **Johann G. Fichte** • Reden an die deutsche Nation • **Fitzgerald** • Zärtlich ist die Nacht • **Flaubert** • Madame Bovary • **Gorch Fock** • Seefahrt ist not! • **Theodor Fontane** • Effi Briest • **Robert Musil** • Über die Dummheit • **Edgar Wallace** • Der Frosch mit der Maske • **Jakob Wassermann** • Der Fall Maurizius • **Oscar Wilde** • Das Bildnis des Dorian Grey • **Émile Zola** • Germinal • **Stefan Zweig** • Schachnovelle • **Hugo von Hofmannsthal** • Der Tor und der Tod • **Anton Tschechow** • Ein Heiratsantrag • **Arthur Schnitzler** • Reigen • **Friedrich Schiller** • Kabale und Liebe • **Nicolo Machiavelli** • Der Fürst • **Gotthold E. Lessing** • Nathan der Weise • **Augustinus** • Die Bekenntnisse des heiligen Augustinus • **Marcus Aurelius** • Selbstbetrachtungen • **Charles Baudelaire** • Die Blumen des Bösen • **Harriett Stowe** • Onkel Toms Hütte • **Walter Benjamin** • Deutsche Menschen • **Hugo Bettauer** • Die Stadt ohne Juden • **Lewis Caroll** • *und viele mehr….*

Else Lasker-Schüler

Die Wupper

Schauspiel in fünf Aufzügen

1909 zuerst veröffentlicht

1919 zuerst aufgeführt

Inhalt

Personen

Frau Charlotte Sonntag, Fabrikbesitzerin

Heinrich,
Eduard, ihre Kinder

Marta

Dr. jur. Bruno von Simon

Großvatter Wallbrecker

Amanda Pius, seine Tochter

Carl Pius, sein Enkel

Mutter Pius, Carls Großmutter väterlicherseits

der Pendelfrederech

Lange Anna

drei Herumtreiber

der gläserne Amadeus

August Puderbach
Färber Lieschen, sein Schwesterchen

Grete Stomms, Lieschens Freundin

Willem, Zuhälter, ehemaliger Weber

Rosa, die Riesendame

die Herren mit den grauen Zylindern

Auguste

Dienstboten im Hause Sonntag

Berta

Fabrikarbeiter, Fabrikarbeiterinnen, Herumtreiber, Kroatenjungen, Jahrmarktleute, Kinder usw.

Der erste und vierte Aufzug spielen im Arbeiterviertel, der zweite im Garten vor einer Villa, der dritte auf dem Jahrmarkt, der fünfte in einer Art Gartenzimmer derselben Villa. Die Schlußverwandlung des fünften Aufzuges spielt im Arbeiterviertel.

Erster Akt

Arbeiterviertel einer Fabrikstadt im Wuppertale. Hintergrund bergiger Wald. Links im Tal fließt ein schmaler Wupperarm, nach hinten in einer Biegung auslaufend. Über den Fluß führt eine Brücke zu einem Weg, an dem Pius' zerfallenes, einstöckiges Häuschen liegt. Rechts hinten ein Gäßchen mit hohen, alten, schmutzigen Arbeitermietshäuschen. Im ersten, nur noch halbsichtbaren Hause wohnen im obersten Stockwerk Puderbachs.

Links von der Wupper eine Wiese – in der Ferne sieht man dampfende Schornsteine von Fabriken und andere Häuser usw.

Vor Pius' Häuschen steht eine Bank, neben dieser ein breiter Strauch. Vor einem Steg, der im Hintergrund in den Wald führt, brennt eine alte Laterne, die während des ersten Aufzuges langsam erbleicht.

Großvatter Wallbrecker; Carl Pius; Frau Amanda Pius; Mutter Pius; Lieschen Puderbach; August Puderbach; der Pendelfrederech; Lange Anna; der gläserne Amadeus; zwei Helfershelfer; Kroatenjungen.

Großvatter Wallbrecker: Hör auf dein alten Großvatter, Carl, schmeiß den Gelehrtenkrams beis Gerömpel. Du bist man so recht was für'n Meister, Gesellen müßt de unter dein Kommando hab'n.

Carl: Laß mich man erst Pastor sein, Großvatter, dann werden die Meister meine Gesellen.

Großvatter Wallbrecker: Und das Liesken drüben sollst du doch frein.

Carl *(überlegen wie zu einem Kind)*: Die heirat mich um so lieber.

Großvatter Wallbrecker: Fünfundzwanzig Jahr hab ich mit dem Liesken sein Großvatter am Webstuhl gesessen, und doch war das Leichentuch zu klein für uns zwei. – *(Pause)* – Es nimmt en Pastor schon, aber, zum gelehrten Mann gehört en feines Weib un zum Pastor eine Pastorin – un der alte Großvatter gehört auch nicht rein ins Treibhaus!

Carl: 'nen bequemen Sorgenstuhl kauf ich dir, Großvatter, auf einem weichen Polster sitzt du und tust den ganzen Tag nix andres wie schlafen, Spazierengehen und schmöken. Was sagst de dazu, Vatter Wallbrecker?

Großvatter Wallbrecker: Mit die Kaplans komm ich in Kollektion, daß Vatter Wallbreckers Enkelsohn Pastor is, sie haben mich schon das Haus eingelaufen wegen dein Vater sein lutherschen Glaubens.

Carl: An was du alles denken tust.

Großvatter Wallbrecker: Tum Tingelingeling, Carl, die alte Truthenne hat auch dein Vater immer in die Ohren gelegen. Ein fleißiger Färber wars; *(zeigt auf das Wasser der Wupper)* da rinnt sein Blut. – Fällt dem mit einmal ein, er taugt für die Arbeit nich mehr, un giftig is er geworden auf sein Herrn und seine Gemahlin. Aufgeblasen war se ja man mit die seidene Rock, aber en Hochmut darf sie ja hab'n bei so viel Geld. Am hellen Tag auf dem Marktplatz hat er ihren adeligen Bloßen verhaun.

Carl: Das hat dir woll großen Kummer gemacht, Großvatter, weil du es nicht vergessen kannst.

Großvatter Wallbrecker: Tum Tingelingeling, ein Jahr hab'n sie ihm für seine Missetat ins Loch gesteckt. *Carl Beileid bezeugend.*

Großvatter Wallbrecker: Er war ja sonst ein ehrlicher Arbeiter gewesen. *(Carl nickt.)*

Großvatter Wallbrecker: Un die alte Truthenne hat ihm bald besucht. Mit ihre Quacksalben hat sie eine feine Madame den Brand an de Waden geschmiert. Siehst de, Carl, un nu meint Amanda, dir steckt man auch mal rein wie dein überdrüssiger Vatter und deine studierte Großmutter.

Carl: Die Zeiten hab'n sich geändert, Großvatter.

Großvatter Wallbrecker: Siehst de, da hab'n wirs, bald denkst de auch an dein alten Großvatter Taback nich mehr *(Kindlich schlau)*.

Carl: Laß man gut sein.

Großvatter Wallbrecker: Wie alt bist de nu, Jung! Puderbachs Aujust bringt schon zehn Taler nach Haus. Da läuft er mit seine Schwester, wie mit sein Schatz.

Man sieht beide geschwisterlich vom Wald heimwärts kommen.

Carl: Und ich werd das Dreifache verdienen, laß mich man Zeit, bin ich erst Pastor, tust de alle Tage dein Leibgericht knappern.

Großvatter Wallbrecker *(bedenklich):* Wenn es de alte Truthenne mich nich auffressen tut.

Carl: Die bleibt hier an der Wupper in ihr Haus wohnen.

Großvatter Wallbrecker: Und du willst in de fremde Residenz predigen? Tum Tingelingeling, in die luthersche Lutherkirche hier mußt de von de Kanzel herunter auf all die reichen Muckerköppe brüllen. *(Kleine Pause)* Und ich werd auch auf meine alten Tag en Ketzer werden, wenn es not tut – dich zulieb, Carl. Ich hab das *(schlägt ein Kreuz)* doch verlernt *(weinerlich)*, wenn man so immer dran hängen tut.

Carl: Es ist schon spät, Großvatter, ich bring dich in de Klappe.

Großvatter Wallbrecker: Jung, Jung, Jung, wenn ich es erleben tu.

Sie schreiten ihrem kleinen Häuschen zu; im Begriff einzutreten, umhalst hinterrücks den Großvatter Lieschen Puderbach, die ihrem Bruder vorangesprungen ist. Arbeiter sieht man in der Ferne und hört ihre rauhen Stimmen.

Großvatter Wallbrecker: Was willst de vom Großvatter, kleines, leckeres Dier? Seh se dich mal an, Carl, die meint es mit dem alten Großvatter gut.

Lieschen *(vergnügt):* Kriegst morgen zu dein Geburtstag 'ne neue Piepe von mich, ich hab dem Aujust seine kleine im blauen Sametetui weggekläut un sie Herr Stomms gebracht heut. Ich kann mich für sie eine ***lange*** aussuchen wie deine is, eine nagelneue, Großvatter, *(ganz hoch zu sprechen)* mit en Hirschkopf drauf.

Großvatter Wallbrecker *(freut sich wie ein Kind)*: Die meint es gut mit dem alten Großvatter, Carl. *(Er kitzelt Lieschen am nackten Hälschen.)* Ich klopf ihm auch immer, wenn der junge Herr Eduard kommen tut; was, Liesken?

Lieschen schämt sich.

Großvatter Wallbrecker *(blinzelt Lieschen vertraulich an)*: Er fragt mir immer nach es.

Lieschen *(altklug zu Carl):* Herr Eduard sagt, ich wär seine Königsbraut.

Carl *(sagt, um etwas zu erwidern):* Un mich willst de also nich heiraten.

Großvatter Wallbrecker: Tum Tingelingeling, er ist molz ein reichen Herr; was, Liesken?

Lieschen: Zwei große Bilder aus England, hat er gesagt, bringt er mich mit hier – siehst de! siehst de! Ich glaub, er kömmt gleich dir besuchen, Carl.

Carl *(schiebt das Kind ungeduldig zur Seite)*: Dein Bruder sucht dich, Liesken.

Großvatter Wallbrecker: Ein blaues Maul hat das Luder von'n Beerenfressen.

Lieschen: Kuck mal seine Nas an, Großvatter!!

Großvatter Wallbrecker: Die is man wie'n Affe seine gemalen.

Lieschen: Aujust, Aujust, wie siehst de aus!

August *(blickt neidisch auf Carl)*: Ich bin man bloß ein einfacher Färber, ich schäm mir nich, von Gottes Waldes Natur zu fressen; du, Großvatter Wallbrecker?

Großvatter Wallbrecker *(schüttelt mit dem Kopf)*: Nä.

August: Du, Liesken?

Carl stellt sich an einen Seitenbalken des Häuschens, die Arme verschränkt.

Lieschen: Wenn de de Mutter fragen tust, August, ob ich die Tante noch ein bißchen waschen helfen darf, dann sag ich dich auch, wo deine kleine Piepe im blauen Sametetui is.

August: Sag!

Großvatter schüttelt hastig Lieschen mit dem Kopf zu. Lieschen lacht.

August: Sag es doch, dummes Weib!

Lieschen: Molz! Ich weiß es doch nicht.

Großvatter und Lieschen lachen August aus, der in komischen Wendungen im Begriffe ist umzukehren, Lieschen verhindert es aber.

Lieschen: Aujust, lieber Aujust, frag die Mutter, ja? Ich geb dich auch en Dicken.

August: Steck den Schmatz man in de Kiste, wenn de heiraten tust.

Lieschen: Meine Klümken und de Stange Süßholz kannst de dich nehmen aus Mutter ihre Kommode, Aujust.

Frau Amanda Pius *(tritt ans offene Fenster, sie hat die letzten Worte Lieschens gehört)*: So en süßen Kater bist de, Aujust? Warum kömmst de eigentlich nich mehr beim Carl herüber?

Mutter Pius tritt hinter Amanda ans Fenster.

August: Bei so'n feinen Herr – nä, Frau Pius!

Mutter Pius: Was soll auch unser Carl mit so einen gemeinen Baumwollenfärber anfangen? *(August verzieht sich furchtbar komisch mit einem Katzenbuckel.)*

Mutter Pius *(zu Lieschen)*: Und du müßt schon in de Klappe liegen.

Lieschen *(etwas schüchtern auf Frau Amanda blickend)*: Ich will die Tante noch waschen helfen, daß se morgen dem Großvatter sein Leibgericht kochen kann.

Mutter Pius: Und hat kein Zahn im Maul.

Lieschen: Ich kann doch nicht schlafen bei so'n Mond, der guckt so rot wie Pendelfrederech sein ausgelaufen Aug.

Frau Amanda *(geheimnisvoll)*: Hast de das schon gesehen, Liesken?

Lieschen: Einmal hat er es mich und Gretchen Stomms gezeigt.

Mutter Pius *(zynisch)*: Un hast de sonst niks anderes in sein Keller gesehn, Liesken?

Lieschen: Ich hab immer bloß in sein runden, roten Mond geguckt.

Mutter Pius: Aber en wacker Mädchen bist de geworden; Amanda, guck mal, Brüst hat es schon, wie junge Salatköppe.

Carl tritt aus seinem Winkel auf den Großvatter zu.

Großvatter Wallbrecker: Carl, ich komm jetz.

Mutter Pius tritt in die Stube zurück; Lieschen klettert durchs Fenster, Frau Amanda ist ihr dabei behilflich. Dann schließt sie das Fenster. Der Großvatter und Carl schlendern langsam ins Haus.

Großvatter Wallbrecker: Nä, wie mich das alles aufregen tut – – –

Carl: Was denn?

Großvatter Wallbrecker: Mit deine Carliäre, Carl.

Carl: Schlaf man ruhig, Großvatter.

Sie treten beide ins Häuschen. August schleicht aus seiner Gasse, umlauert das kleine Häuschen von Pius und versteckt sich vorsichtig zwischen Strauch und Bank. Unterdessen wird das Dachkammerchen von einem matten Öllämpchen erleuchtet, das kleine Fenster ist halb geöffnet. Betrunkene Arbeiter passieren den Weg, fluchen, lachen usw. August gebärdet sich, da er durch den Lärm nicht zu hören glaubt, wie ein wütender Clown. Die Arbeiter biegen rechts in die Gasse ein. Man hört von oben Amandas Stimme.

Frau Amanda: Vatter – – –

Großvatter Wallbrecker: Jjo – – –

Frau Amanda: So eilig hast de 's ja sonst nich, wach auf!!

Großvatter Wallbrecker: Was soll ich um Mitternacht, meine Tochter?

Frau Amanda: Was hat Carl gesagt?

Großvatter Wallbrecker: Was?

Frau Amanda: Was er gesagt hat. Du hast doch gesprochen mit ihm.

Großvatter Wallbrecker: Jjo, es is mich man so am
Maul vorbeigeschlichen, was für 'n schönen Posten der Aujust hat.

Frau Amanda: Un was sagt er drauf?

Großvatter Wallbrecker: Nä, er will nich, de Pastor spuckt ihm in Kopf herum.

Drei Männer kommen langsam schweigend über die Brücke, der eine murrt unheimlich, es ist der Pendelfrederech, sein linkes, ausgelaufenes Auge bedeckt eine schwarze Klappe. Der zweite ist Lange Anna, der trägt eine Handharmonika an einem verschossenen Band um die Schulter. Der dritte ist der gläserne Amadeus, der nimmt vorsichtig Platz auf der Stufe, die von der Brücke zum Weg führt. Die beiden anderen setzen sich auf das Geländer der Brücke. August bückt sich tiefer unter den Strauch.

Währenddessen setzt oben das Gespräch fort

Frau Amanda: Du kannst nich kallen! Ich hab auch keine Lust mehr, den ganz Stall zu füttern.

Großvatter Wallbrecker: Gered' hab ich, ihr Weiber denkt woll, ihr habt allein en Schnabel, was? *(Frau Amanda heult.)* Laß das Heulen. *(Sie gluckst.)* Freuen tu ich mir doch auf Carl in Ornaments. *(Schlau* *kindlich)* Noch ein paar Jährkes, Amanda, meine liebe Tochter, dann kömmt der Lohn. Glaub dein alten Vatter.

Er kräht noch einmal und schläfert.

Frau Amanda: Die Pius hat an alles Schuld, hat se de Finger an mein Mann gehabt, soll se mein Jung zufrieden lassen.

Großvatter Wallbrecker *(aus dem Schlaf triumphierend)*: Er wird se auch nich einladen zu sich in sein Filla neben Kaiser Wilhelm Schloßkirche.

Frau Amanda: Du träumst wohl?

Sie schüttelt ihn ärgerlich, man hört das Bett krachen.

Großvatter Wallbrecker: Alles präzise Wahrheit, Amanda, diesmal hat de alte Pius gut spekuliert.

Kurze Pause.

Frau Amanda: Seitdem du nich mehr zum Heiland beten tust, is alles so gekommen.

Sie heult wieder.

Großvatter Wallbrecker: Ich bet jeden Abend, meine liebe Tochter, ich lüg lieber, als daß ich mir nich bedanken tu für seine große Gnade.

Leise singt die Türe.

Frau Amanda: Komm man herrein! – Liesken will dich gute Nacht sagen, Vatter, und denn kannst de schlafen meinetwegen.

Man hört die Tür roh ins Schloß werfen.

Lieschen: Großvatter, ich freu mir so auf deine neue Piepe; *(ganz hoch sprechend)* en Hirschkopf hat se!!

Großvatter Wallbrecker lacht wie ein Kind.

Lieschen: Klopfst de un pfeifst de mich, wenn er bei euch kömmt?

Großvatter pfeift sehr gelungen.

Lieschen: Dein dicken Zeh guckt ja aus de Federn heraus, Großvatter! Warte, ich deck dir zu wie 'n Wickelkind.

Großvatter Wallbrecker: Mach auch noch weiter das Fenster offen, ich leid an de Luft.

Lieschen *(öffnet das kleine Fensterchen ganz)*: Aujust, hier bin ich.

August fährt erschrocken in die Höhe und winkt ab.

Lieschen: Ich komm jetzt runter; gute Nacht, Großvatter Wallbrecker!

Großvatter Wallbrecker *(halb schlafend)*: Tum Tingelingeling, wenn ich noch so en jung Weib im Bett hab'n könnt.

Lieschen ist im Nu unten.

August *(tritt aus dem Versteck, Lieschen eilt zu ihm, August zu den Herumtreibern)*: 'n Abend zusammen, kömmt ihr schon von de Arbeit?

Lange Anna *(hohe Weiberstimme)*: Wo sonst her, alter Duckmäuser?

Lieschen: Amadeus, du blutest ja.

Lange Anna: Laß es man bluten aus de Nasenrinnen; was fängt er auch an, gescheit zu reden aus sein Traumbuch.

Amadeus *(legt angstvoll die Hand aufs Herz)*: Un en Sprung hat es abgekriegt, Liesken, es tröppelt immer.

Lange Anna: Laß ens lutschen ran.

Amadeus: Seid man still: es gibt noch was hinter de Düsterkeit, wart man, wenn es erst Licht wird.

August *(steckt ein Streichholz an)*: Hier hast de Licht, das können wir auch machen. *(Zu Lieschen)* Versteck de Visage in dein Schabbesdeckel, Lieschen, Frederech hat wieder sein Pendel raushängen.

Frederech murmelt grausig.

Lieschen: Ich hab so 'ne Angst, Aujust, wir wollen bei Mutter gehn.

Lange Anna: Bange Hippe!

Amadeus *(mitleidig)*: Es ist auch Zeit, macht euch nach Haus, so 'n kleines Balg gehört nicht mehr auf de Straße.

Oben hüstelt der Großvatter. August und Lieschen biegen ins kleine Gäßchen ein und treten in ihr Haus.

Amadeus: Ich sag euch, lang mach ich so en Leben nich mehr mit. Pendelfrederech, was hast de von dein Leben?

Pendelfrederech *(grausig murmelnd)*: Ich hab nix von's Leben, aber es hat mir zum Zeitvertreib.

Lange Anna *(höhnisch)*: So ein verfaultes Zeitvertreib.

Pendelfrederech: Nix für seine feinglasierte Finger, aber wenn es einen en Schabernack spielen will, dann holt es mir aus seine Kiste *(murmelt böse)*.

Lange Anna *(lacht)*: Von de Türen rannten de Kochmamsells, und die Herzen fielen ihnen in de Buxen. *(Er klopft Pendelfrederech auf die Schulter und lacht noch höher auf.)* Mit dich mach ich oft so 'ne Opern.

Amadeus: Und daß de Polizisten dich nich kriegen tun, Pendelfrederech.

Lange Anna: Die lachen selber.

Amadeus: Wat hast de eigentlich von de Sauereien?

Lange Anna: Und guckst man immer so mit das eine Aug in dein Kopf rein?

Pendelfrederech: Rot seh ich immer, lauter Rot *(murmelt grausig)*.

Amadeus: De Mutter Pius, die hat en Mittel dafür. Aus dem Zuchthauskirchhof holt sie die Totenköpfe und reibt sie zu Zucker. *(Sie lachen alle drei. Carl tritt, leise vor sich hinpfeifend, aus dem Haus und setzt sich auf die Bank. Amadeus spricht ohne Pause weiter, ohne Carl zu bemerken.)* Mich kann se vielleicht auch helfen. *(Er legt die Hand zärtlich bange aufs Herz; er bemerkt plötzlich Carl.)* 'n Abend. *(Rührselig)* Es hat en Sprung gekriegt, es klirrt nur immer so drinn.

Lange Anna. *(höhnisch)*: Deine Großmutter will er konsultieren.

Amadeus *(auf Frederech zeigend)*: Dem soll se auch lebendig machen; wie en Spezialdoktor weiß se mit de Kastemännekens Bescheid; was, Carl?

Carl *(hochmütig und abweisend)*: Sucht euch Arbeit, dann vergehen euch de Schrullen.

Pendelfrederech: Ich will nich reicher werden.

Lange Anna *(zu Carl)*: Tu man nich so aufgeblasen.

Kroatenjungen kommen, sie heulen.

Amadeus: Was heult ihr so spät in der Nacht? Heulen könnt ihr noch morgen.

Kroatenjungen: Aben verkauft nich, garnich, Meister schlägt, tut weh – – –

Lange Anna *(zu Carl)*: Pastor kümmer dir um deine Gemeinde.

Carl gibt sich eine abweisende Würde.

Amadeus: Laß man!

Er faßt in seine Tasche. Die Kroaten gehen weiter.

Lange Anna *(zu Carl)*: Was, du alter Geizkragen, du Kreuzverdreher, du Taschendieb. *(Er will in Carls Taschen fassen.)* Zeig uns ens das fremde Portemonnaie!

Carl verrenkt mit wortloser Leidenschaft den Arm des Langen Anna. Der schreit furchtbar grell auf; Amadeus fällt zusammen; der Pendelfrederech nimmt ein kleines Metallpfeifchen aus der Tasche und pfeift. Geht dann stier, ohne den Erfolg abzuwarten, seines Weges und legt sich gegenüber dem Hause Puderbach am Ufer der Wupper nieder. Es nahen alsbald drei Helfershelfer aus der Umgegend, die glauben, da man Lange Anna seines kreischenden Heulens und Jammerns wegen nicht verstehen kann, es handele sich um Amadeus, und fluchen. – Mutter Pius tritt aus dem Häuschen.

Erster Helfershelfer *(zeigt auf Amadeus)*': Wegen den übergeschnappten Pitter?

Zweiter Helfershelfer: Pfeift uns der Stinkadores.

Mutter Pius und Carl bringen Amadeus in ihr Häuschen.

Lange Anna *(zeigt vergebens seinen Arm und nach Carl)*: Ein Mörder is er!

Die drei Helfershelfer verstehen endlich, um was es sich handelt, drohen, zeigen Messer und werden sehr laut. Der Großvatter Wallbrecker tritt oben erschreckt ans Fenster.

Großvatter Wallbrecker: Macht euch zum Teufel, ihr versoffene Nachteulen!

Die drei Helfershelfer: Johannes' Sohn is ein Mörder, soll sich noch mal sehen lassen.

Lange Anna *(kreischt wiederholend)*: Ein Mörder, ein Mörder!

Großvatter Wallbrecker *(krähend)*: Amanda, ruf den Carl bei mich. *(Er geht vom Fenster, man hört sein Bett knacksen, kräht schlaftrunken)*: Meine Piepe will ich hab'n, *(in Lieschens Ton)* mit dem Hirschkopf drauf! Die Männer verziehen sich drohend, Lange Anna mit ihnen.

Großvatter Wallbrecker *(leise)*: Tum Tingelingeling – –

Der Vollmond steht grell am Himmel, leise öffnet sich eines der Dachfenster im Arbeiterhause, in dem Puderbachs wohnen. Das kleine Lieschen steigt leise mit geschlossenen Augen im Nachthemdchen aufs Dach, macht einige Schritte zur Wupper hin, wo Frederech liegt, und steigt wieder zurück durchs Fenster. Pendelfrederech hebt sich bei dem Vorgang langsam auf Vieren und stiert gläsern nach dem Dach.

Sozialdemokraten singen unterdessen, hoch am Wald vorüberziehend, vierstimmig ein sozialdemokratisches Lied, man hört die letzten Worte: „Denn unsre Fahn' ist rot."

Zweiter Akt

Ein blühender, gepflegter Garten mit Beeten und Rosensträuchern und im Hintergrund ein Springbrunnen auf einer kleinen, künstlich hergestellten Anhöhe; im Hintergrund ein Pavillon mit bunten Fenstern, den man kaum sehen kann. Rechts ein weinumrankter Treppeneingang, der in die alte Villa Sonntag führt. Links im Vordergrund ein Zelt mit Tisch, Bank und Stühlen. Zwischen Gartenzaun und Nachbarmauer zieht sich eine in die Stadt führende, schmale Gasse. An der Nachbarmauer ist ein Blechschild angebracht mit üblicher Warnung; aber es ist schon alt und ruiniert und seine Aufschrift unleserlich.

Frau Sonntag; Heinrich; Eduard; Marta, Carl Pius; Mutter Pius; Auguste und Berta; die drei Herumtreiber: Pendelfrederech, Lange Anna, der gläserne Amadeus.

Mutter Pius: Lassen Se mir ihm zwischen de eurigen sehn, das freut so 'n altes Großmutterherz.

Berta *(gnädig und geziert)*: Unsere Frau ist auch so freundlich zu ihm und erst *(respektvoll)* der Herr Eduard.

Mutter Pius: Was Se sagen – aber, is er das vielleicht nich wert? In de Früh um fünf kömmt euer junger Herr und holt ihm aus dem Nest und fragt ihm hie und da wegen dem Examen.

Berta *(schnippisch)*: So klug ist der Carl?

Mutter Pius *(überlegen)*: Wann er mein Enkelsohn ist? Berta lacht vorlaut. Sie will Mutter Pius verlassen, stellt das Tablett mit dem Abendgeschirr auf die Bank – die Servietten vergeßlich unter dem Arm haltend.

Mutter Pius: Hab'n Se 's so eilig, Berta, sonst verzählen Se sich doch so gern mit mich?

Berta: Ich habe keine Zeit.

Mutter Pius: Sie haben wohl den Kopf vom Schatz voll?

Berta: Wer sagt Ihnen, daß ich einen Schatz habe?

Berta pflückt sich eine Kamille vom Beet und läßt dabei zwei Servietten fallen.

Mutter Pius: Wer das sagt? Raten Sie ens! – Die Karten.

Berta stemmt neugierig die Hände in die Seiten. Mutter Pius hebt die zwei herabgefallenen Servietten auf und liest wohlgefällig den Namen auf dem Serviettenring.

Mutter Pius *(zu sich)*: Wie en Kind im Haus – – –

Berta *(schmeichlerisch)*: Na, was sagen denn die Karten all, Mutter Pius?

Mutter Pius *(läßt Berta ein bißchen zappeln)*: Das möchten Sie wohl wissen, Berteken?

Berta nickt geziert.

Mutter Pius: Dein Schatz wird dich untreu, aber eine weite Reise machst de übern Ozean, und ein reichen Millionär lernst de kennen.

Berta: Donnerstag! *(Verwundert)* Unser Fräulein hat mir zwei Nächte hintereinander im Schiff gesehen.

Mutter Pius: Siehst de!!

Berta: Aber zu Auguste haben Sie am Sonntag gesagt, mein Schatz war ein robuster Mann mit einem Schnauzbart.

Mutter Pius: Ich hab das gesagt? Laß mir ens besinnen – –

Berta *(geziert)*: Aber er ist von kleiner Statur und trägt einen hellen Spitzbart.

Mutter Pius *(weissagend, komisch)*: Un adlig is er.

Berta: ***Donnerstag!*** *(Verwundert.)*

Mutter Pius: Das dumme Weib, geärgert hat sie sich, daß der Coeurkönig nich bei ihm lag und es zwanzig Jahr auf einen warten muß. Un da hat es dir vor Neid angeschmiert. Nä, Berteken, daß de so dumm bist!

Berta: Ich werd's der besorgen!

Mutter Pius: Laß man, es is ja en arm Dier mit sein scheeles Aug und seine schiefe Schultern, laß man, Berteken.

Auguste *(steht im Seitengang, der aus der Küche in den Garten führt. Zu Berta)*: Wo bleiben Se denn? Mutter Pius gewahrend, eilt sie zu ihr.

Mutter Pius *(zu Berta)*: Ich hab auch de Madame schon rufen hören.

Berta geht geziert ins Haus. Mutter Pius nähert sich gewandt dem Pavillon, bückt sich, um durch die Ritzen besser sehen zu können.

Mutter Pius *(zu Auguste)*: Ich habe ihm nur durch die Ritzen gesehen, ich muß mir jetzt beeilen; das Liesken von Puderbach hat de Windpocken.

Auguste: Was se nich alles verstehen! *(Glotzäugig, gläubig.)* Mutter Pius nimmt ihr Körbchen am Arm und reicht Auguste die Hand.

Auguste: Hab'n Se denn unsere Frau schon gesprochen?

Mutter Pius: Das sehen Se doch an de schmierige Spitzen *(aufs Körbchen weisend).*

Auguste *(glotzäugig, gläubig)*: Was Se nich alles verstehn!

Mutter Pius: Alles muß man verstehen, das Feinste und das Gröbste.

Auguste schüttelt bewundernd den Kopf. Mutter Pius wendet sich geringschätzend und diabolisch lachend noch einmal zu Auguste herum.

Mutter Pius: Hab'n Se molz en flotten Kerl gefunden, trotz de Karten?

Auguste: Nä, leider nich, Eure Karten sind reine Teufels, Mutter Pius.

Mutter Pius: Kommen Se doch ens wieder bei mich, vielleicht kriegen wir Gewalt über den Zauber, Auguste.

Auguste: Wenn ich mich erlauben darf.

Man hört Husten aus dem Pavillon; sie horchen beide erschreckt nach der Richtung.

Auguste: Das is Herr Eduard nich, das is de Marta, die guckt zu lang in de Nacht aus 'en Fenster.

Mutter Pius *(lauernd)*: Euer Fräulein soll ens lieber schlafen.

Auguste: Sie möcht auch von Euch de Karten gelegt haben.

Mutter Pius *(freudig)*: Eine Gräfin war bei mich.

Auguste *(sie anstaunend)*: Wenn Se 's nich wieder sagen, zeig ich Euch ne neumodsche Photographie von de Marta – splitternackt, wie's erste Weib unterm Baum.

Frau Sonntag und Heinrich treten unbemerkt aus dem Haus.

Mutter Pius: Du hältst die Mutter Pius wohl für dumm?

Auguste: Ihre Freundin, das Fräulein Oberbürgermeister, hat se so abgenommen. –

Mutter Pius: Lauf wacker! *(Auguste eilt fort durch die Seitentür, Mutter Pius ruft ihr nach)*: Ich leg dich auch fein die Karten, Auguste – – –

Mutter Pius bemerkt die Kommenden, Heinrich nähert sich dem Zaun und nimmt von einer Frau die Abendzeitung entgegen, drückt ihr flüchtig ein Geldstück in die Hand, indessen Frau Sonntag zum Zelt schreitet.

Mutter Pius *(gewandt)*: Verzeihen Se, Ma'm Sonntag, daß ich noch hier stehn tu, ich wollt mein Enkelsohn Addjüß sagen.

Frau Sonntag nickt freundlich herablassend und geht rechts, die Rosen betrachtend, weiter. Mutter Pius kommt auf Heinrich zu, klopft ihm vertraulich auf die Schulter.

Heinrich: Schockschwerenot, Frau Pius, wie geht es Euch bei den schlechten Zeiten?

Mutter Pius: Davon wissen Sie doch nix, Herr Heinrich.

Heinrich: Un immer jünger werden Se.

Berta tritt aus dem Haus, den Tisch zu decken.

Mutter Pius: Sie Schmeichler.

Heinrich *(zynisch, gutmütig)*: Frau Pius, was meinen Se zu uns zwei?

Berta kichernd.

Heinrich *(zu Mutter Pius)*: Lassen Se den Kickindewelt lachen, er weiß von de Liebe nix.

Frau Sonntag nähert sich zerstreut dem Zelte.

Mutter Pius: So en jungen reichen Herrn un ich?

Heinrich: Schockschwerenot, es is mein heiliger Ernst. Eine verständige Frau muß ich haben.

Frau Sonntag: Frau Pius, laß Sie sich von meinem Sohn nicht zum Besten halten.

Mutter Pius: Ich uz mir gern mit ihm, Ma'm Sonntag, lassen Se ihm die Freude.

Heinrich: Wenn Se alles innes Lächerliche träkken, liebe Frau Pius, wir passen doch aufs Haar zusammen.

Mutter Pius *(weiß nicht, wie sie es auffassen soll)*: Ein reiches Fräulein muß Herr Heinrich heiraten. Titichens will de Großmama *(zeigt auf*

Frau Sonntag) wieder in Arm wiegen *(sie macht mit dem Arm die Wiegebewegung).*

Frau Sonntag: Nun laß Frau Pius zufrieden, Heinrich.

Mutter Pius: Auf de Messe aber dürfen Se mir Johanni mit die Freunde in meine Bude besuchen. Ich servier diesmal *(nickt Heinrich heimlich zynisch zu)* en extra feine Delikatesse –

Berta *(bescheiden zu Frau Sonntag und Heinrich)*: Ein Kind mit ***zwei Köpfen*** – – –

Mutter Pius *(bemerkt endlich Auguste, die schon längere Zeit erfolglos aus dem Seiteneingang winkt)*: 'n Abend zusammen, ich muß bei meine Leute!

Frau Sonntag setzt sich auf die Bank an den Tisch, und Heinrich bleibt neben ihr stehen.

Heinrich: Ein Unikum ist die Olle!

Mutter Pius entreißt Auguste das Bild – Kabinettgröße – und entfernt sich aus der Zauntür. Auguste bleibt verdutzt stehen.

Frau Sonntag: Du ziehst sie aber auch beständig auf, Heinrich.

Auguste: Wie 'n Wind *(geht ins Haus).*

Heinrich: Spaß muß sein, Mama Charlottchen.

Frau Sonntag: Macht dir das solch einen Spaß?

Heinrich: Du sagst das so melancholisch.

Frau Sonntag: So, das weiß ich gar nicht.

Heinrich *(kleine Pause)*: Dieses Jahr wird die Bilanz gut werden, Mama Charlottchen.

Frau Sonntag *(lebhafter)*: Du belügst mich, Heinrich?

Heinrich: Bei meinem verrosteten alten Säbel.

Frau Sonntag: Du bist ein Junge!

Heinrich: Wir wollen ein Pulleken darauf trinken, Mama Charlottchen!

Frau Sonntag schüttelt lächelnd den Kopf.

Frau Sonntag schüttelt lächelnd den Kopf.

Heinrich: Schad, daß Pius' Großmutter nicht mehr da ist; sitzen die noch immer darin?

Er zeigt auf den Pavillon.

Frau Sonntag: Man muß sich nicht gemein machen mit diesen Leuten.

Heinrich: Mittags promeniert sie vor meinem Büro vorbei, bis ich rauskomm.

Frau Sonntag: Warum?

Heinrich: Sie liebt mir –

Frau Sonntag: Schwätz keinen Unsinn, Heinrich.

Heinrich lacht.

Frau Sonntag: Laß die arme alte Person in Frieden, ich möchte die Neckerei um Eduards willen nicht. Du kennst doch seine Sympathie für Pius.

Heinrich: Pius kennt die alte Schrulle ganz genau.

Berta trägt Schüsseln mit kalten Speisen auf.

Frau Sonntag: Taisez donc!

Heinrich: Ich sag ja nichts.

Er nähert sich dem Pavillon, Marta ist gerade im Begriff, aus der Türe zu treten – die Geschwister stoßen sich fast.

Marta: Hast du mich erschreckt!

Heinrich *(neckisch)*: Ein unschuldiger Mensch erschrickt nicht, beichte!

Marta: Esel!

Heinrich *(plötzlich leise mit Erregtheit, die sich steigert bis zum Jähzorn)*: Ich will dir mal was sagen, erfahre ich noch einmal, daß du in meiner Abwesenheit im Büro gewesen bist, so bekommst du ein paar Backpfeifen von mir.

Marta *(ein wenig verblüfft)*: Ich tu doch gar nichts da.

Heinrich: Du weißt, Simon ist mein Angestellter, ich wünsche, daß er Respekt behält vor uns, verstehst du! *(Wieder munter)* Schockschwerenot!

Marta: Herr von Simon ist stets höflich zu mir.

Eduard und Pius treten in den Pavillon.

Heinrich: Das will ich auch hoffen. *(Heinrich reicht Carl Pius die Hand.)* Hab doch wahrhaftig wieder die Marken vergessen.

Eduard *(zu Carl; Heinrich umfassend)*: Er schwitzt den ganzen Tag für uns, Carl, er ist der selbstloseste Mensch auf der Welt.

Heinrich tut beschämt wie ein Backfischchen, bei seinem robusten Äußeren sehr ulkig wirkend.

Marta *(geht dem Tisch des Zeltes zu)*: Mama, ich habe schreckliche Augenschmerzen *(sie öffnet sie graziös affektiert)* vom Nachschlagen.

Frau Sonntag: Ich bewundere schon lange deine Ausdauer.

Pius geht ungeschickt auf Frau Sonntag zu und verbeugt sich tief vor ihr. Frau Sonntag reicht ihm die Hand.

Marta: Herr Pius will vor dem Abendbrot nach Hause gehn, Mama.

Frau Sonntag: Aber warum das, Herr Pius?

Carl: Wenn ich so frei sein darf?

Marta bietet ihm den Stuhl neben sich an; Heinrich setzt sich links von Marta – Eduard nimmt neben seiner Mutter auf der Bank Platz. Berta serviert den Tee und bedient usw.

Marta: Findest du nicht die Hornbrille scheußlich für Herrn Pius, Mama? Er sieht aus wie ein Dorfschullehrer.

Frau Sonntag: Marta, schwätz nicht soviel Unsinn. Carl verlegen.

Frau Sonntag: Ich habe noch gar nicht bemerkt, daß Herr Pius eine Brille trägt.

Carl: Seit kurzem.

Eduard: Bitte nimm sie mal ab. *(Carl zögert.)* Ich bin auch kurzsichtig.

Frau Sonntag: Deine Rehaugen – – –

Heinrich *(ulkig einen Backfisch imitierend)*: Das laß ich mir nicht mehr gefallen, mir macht kein Mensch den Hof.

Berta kichert leise auf, Frau Sonntags Blick streift sie rügend.

Heinrich: Sie denken an Mutter Pius, Berta, was? Eine Großmutter haben Sie, Pius, prima!

Carl verlegen.

Heinrich: Ich glaube sogar, sie ist eine ganz kluge Frau?

Eduard *(zu Carl)*: Von köstlichem Humor.

Marta: Eduard sagt, sie versteht lateinisch.

Frau Sonntag: Auf welchen Tag fällt ihr Examen, Herr Pius?

Carl: Am Mittwoch, einige Tage nach Johanni, Madame Sonntag.

Eduard: Du regst dich mehr auf, wie wir beide und die ganze Prima zusammen.

Frau Sonntag: Mein Sohn sagt mir, Sie machen sich Ihrer Studien wegen Sorge?

Carl ist verlegen um Antwort.

Eduard: Du wolltest dich doch für weiteres verwenden, Mutter?

Frau Sonntag *(nickt freundlich Eduard zu, ihr Blick fällt plötzlich auf Heinrich, der interessiert in der Zeitung liest)*: Was interessiert dich in der Zeitung *(rügend)* während des Tisches?!

Heinrich: Ich bitte um gnädige Verzeihung, Mama Charlottchen.

Marta: Hältst du dein Versprechen, Heinrich?

Heinrich: Gerad mein Pferd muß stürzen.

Marta: Du schwindelst mir immer was vor.

Heinrich *(neckisch)*: Im Gegenteil, du mußt den Verlust tragen helfen!

Marta: Esel!

Heinrich: Danke!

Frau Sonntag: Du kannst doch das Spielen nicht lassen.

Heinrich: Es ist, mit Herrn Schiller gesagt, „mein Spaziergang“.

Eduard: Er sitzt auch viel zu viel im Büro.

Marta: Und dick bist du, wie der Wirt vom Schützengarten drüben.

Carl: Warum reiten Sie nicht, Herr Sonntag?

Frau Sonntag: Du hast doch wirklich sonntags Zeit.

Heinrich: Der Hengst scheut ja, wenn ich mich ohne Uniform draufsetz, Kinder.

Carl: Fußtouren wären Ihnen auch zuträglich.

Eduard: In den Tiroler Alpen; was, Carl?

Carl: Zum Schneerössel rauf.

Eduard: Zehn Kilometer müßtest du täglich steigen; faktisch, das tät ihm gut.

Heinrich: Ich werde mich gleich im Schützengarten wiegen lassen, ich glaub, ich habe schon durch eure guten Ratschläge abgenommen.

Zwei kleine Mädchen stehen, von allen unbemerkt, am Gartenzaun.

Frau Sonntag: Mit ihm ist kein ernstes Wort zu reden.

Eduard: Pack doch einfach seinen Koffer, Mutter.

Die kleinen Töchter vom Wirt verschwinden ungesehen wieder.

Heinrich: Und wer soll unterdessen für die Kleinen sorgen?

Frau Sonntag: Du hast doch einen Stellvertreter. Marta lobte ihn gestern noch.

Heinrich: Sie soll sich lieber um die Haushaltung bekümmern.

Marta: Esel!

Heinrich: Danke! Freuen Sie sich, Pius, daß Sie keine Schwester haben.

Carl *(seltsam aufflammend, antwortet etwas schüchtern)*: Und ich beneide Sie darum.

Frau Sonntag *(lächelnd)*: Hörst du 's, Heinrich?

Heinrich schlägt Marta zärtlich auf den Rücken. Pause.

Frau Sonntag: Ich würde ja öfters in die Fabrik gehen – – –

Heinrich *(neckisch)*: Weißt du eigentlich, wo sie ist, Mama Charlottchen?

Frau Sonntag *(scherzend)*: Wie er mich schlecht macht!

Marta: Herr von Simon ist energischer, wie du bist mit den Arbeitern.

Heinrich: Wenn ich dabei bin.

Alle lachen, nur Marta schmollt.

Heinrich: Den Willem, meinen fleißigsten Arbeiter, hab ich seinetwegen herauswerfen müssen.

Marta: Der drang betrunken ins Büro und wollte ihn dort totschlagen.

Heinrich: Die Sache ist mir auch noch nicht klar.

Frau Sonntag: Wenn ***dir*** nur mal nichts passiert, Heinrich.

Eduard: Ihn haben sie alle gern; zu dir haben sich öfter doch Arbeiter geäußert, Carl?

Carl: Ich steh mit all den Leuten kaum auf Grußfuß.

Frau Sonntags Blick streift ihn mißtrauisch.

Frau Sonntag *(zerstreut)*: Wollen Sie
wirklich ***evangelischer*** Geistlicher werden, Herr Pius?

Carl: Ja, Madame Sonntag.

Frau Sonntag: Ihre Großmutter wünscht es wohl?

Carl: So ernste Fragen pflege ich allein zu erledigen.

Frau Sonntag *(unbewußt in herablassendem Tone)*: Versprechen Sie sich eine schnellere Karriere?

Carl *(primanerhaft)*: Ich bin mit den Dogmen der katholischen Kirche in Konflikt geraten. *Frau Sonntag nickt zustimmend hin zu Eduard.*

Eduard: Iwo, Mutter, er will heiraten.

Heinrich: Ich geh noch was rüber kegeln.

Marta: Die kleinen Blagen standen schon vormittags am Zaun. Sie hätten heute Eisbein mit Sauerkohl, ließe ihr Vater Herrn Leutnant sagen.

Heinrich *(zu Carl)*: Er war mein Untergebener.

Frau Sonntag: Das sind also die Kinder vom Wirt?

Heinrich: Ich kauf den Püppkens manchmal Schokolade.

Er erhebt sich und macht eine lange Gähnbewegung mit Mund und Armen.

Marta *(schnellt vom Stuhl auf)*: Wollen Sie das Kissen mal sehen, was ich Eduard *(zu Carl sich wendend)* zum Examen schenke?

Carl: Ich bitte darum.

Er erhebt sich freudig.

Frau Sonntag: Aber, Marta, wie kindisch, wie können Herrn Pius deine Stickereien interessieren?

Carl: Ich habe sogar als Knabe mit Vorliebe weibliche Handarbeiten selbst ausgeführt.

Frau Sonntag verzieht ihr Gesicht ungläubig.

Eduard: Faktisch, Mutter! Mutter Pius zeigte mir ein großes Kreuz, was er gestickt hat.

Heinrich schreitet, die Hände in den Taschen, dem Hause zu, wendet sich um.

Heinrich: Addjüß, Kinder!

Marta und Carl schlendern um eins der Beete.

Marta: Ich habe ein Bouquet Kamillen nach der Natur darauf gestickt.

Carl: Sie sind selbst eine Kamille *(leise)* man möchte Sie immer fragen – – – Und es paßt auch viel besser für Sie, mit bunten, seidenen Fäden zu spielen, als uns zwei Kandidaten Examenarbeiten zu helfen.

Man versteht die letzten Worte kaum mehr, sie biegen in den Seitenweg des Gartens ein.

Eduard: Mutter, warum bist du nicht freundlicher zu Pius?

Frau Sonntag: Aber, Kind, ich gebe mir doch die erdenklichste Mühe. *(Sie legt ein Tuch um seine Füße.)*

Eduard *(scherzend)*: Wenn ich mal oben im Himmel bin, wirst du abends heraufkommen und das große Sternenfenster schließen, Mütterchen.

Frau Sonntag: Wie du sprichst – – –

Eduard: O, ich habe noch viel, viel zu erledigen.

Er legt seinen Arm lächelnd um ihre Schulter.

Frau Sonntag: Du solltest mehr an dich denken, die vielen Nachhilfestunden, die du wieder für Pius übernommen hast! – Ich gebe ihm lieber das Geld.

Eduard: Das würde ihn beschämen; mir macht es faktisch Vergnügen; Pius ist zu gesund, Geduld zu üben. – *(Kleine Pause)* – Er hat mächtige Wellen, Mutter, die überstürzen sich.

Frau Sonntag: Dir tun seine Schüler leid, ich kenne dich, Eduard.

Eduard *(lächelt)*: Hier waltet nur höhere Gerechtigkeit.

Frau Sonntag: Du dichtest ihn dir, Eduard.

Eduard *(scherzend)*: Wie sollte der, der den Himmel verkündet, nicht ein Dichter sein. – *(Kleine Pause)* – Dich stört seine breite, ungeschickte Art.

Frau Sonntag: Ich verlange von ihm doch keine weltmännischen Finessen.

Eduard: Seine einfache Umgebung selbst respektiert instinktiv seine geistige Stärke.

Frau Sonntag: Seine geistige Stärke – Kind, Kind, diese Leute haben nur Respekt vor Fäusten.

Eduard: Denke an Petrus, Jakobus – – –

Marta und Carl werden sichtbar.

Frau Sonntag: Du glaubst nicht, wie unsympathisch es mich berührt, wenn ich ihn neben Marta sehe. *(Eduard erhebt sich betrübt. Er hustet leicht.)* Willst du zu Bette gehen, Eduard?

Eduard *(kleine Pause)*: Durch den Garten wollen wir wieder wandeln, Mutter, weltentrückt, wie durch einen duftenden Psalm.

Frau Sonntag: Du machst mir das Herz schwer – – –

Eduard: Das will ich nicht. Dein Herz ist ein Teil meines Himmels, darum werde ich dir ja bleiben, Mutter.

Frau Sonntag und Eduard biegen um die Rosen ein. Pius und Marta treten in den Vordergrund – sie setzen sich auf eine Bank vor dem Springbrunnen.

Carl *(streng, schüttelt energisch den Kopf)*: Seinen Glauben respektier ich.

Marta: Aber Mama weint immer, er will doch in den strengsten Orden eintreten, barfuß geht er dann, und seine schönen Locken werden ihm abgeschnitten.

Carl *(neidvoll)*: Das empfinden Sie wohl am schmerzlichsten?

Pause.

Aber Sie erzählten mir doch, die Ärzte sagen, es käme nicht dazu.

Marta: Denen kann man ja nicht glauben – und Mama haben sie es verschwiegen, sie würde sterben an seinem Tod.

Carl *(sarkastisch)*: Also der Tod wäre demnach Ihrer Frau Mutter sicher.

Marta: Bitte, spotten Sie nicht!

Carl: Ich bin nicht zum Spotten aufgelegt.

Marta *(forschend)*: Ist er eigentlich schon katholisch geworden?

Carl: Fragen Sie ihn doch selbst.

Marta: Sie sind frech!

Carl *(theatralisch, primanerhaft)*: Darum will ich auch der Welt den Schoß der Mutter nehmen.

Marta macht eine Bewegung des Unverständnisses.

Carl: Darum will ich evangelischer Verkünder werden.

Marta: Ich glaube, Sie werden furchtbar schimpfen von der Kanzel.

Carl *(sarkastisch, scherzend)*: Fegefeuer auf all die Sünder regnen lassen.

Marta: Sie stritten doch einmal mit Eduard, es gäbe keine Sünde.

Carl: Im Sinne der Natur gibts auch keine Sünde.

Marta: Warum wollen Sie dann strafen?

Carl: Weil ich sie nicht genießen kann.

Er wendet sich plötzlich jäh zu Marta.

Marta *(erschrickt)*: Und schreiben so fromme Gedichte – – –

Carl: Haben Sie sie übersetzen können?

Marta: Mühsam, jedes Wort schlug ich nach.

Carl: Später sende ich Ihnen täglich Kamillensträuße. Schenken Sie mir eine aus Ihrem Gürtel, bitte.

Marta: Meinetwegen.

Carl: Sie paßt zu Ihnen, wie zur Amazone die Waffe.

Marta: Und sind ebenso gefährlich.

Carl: Wenn Sie die Blättchen fragen.

Man sieht Frau Sonntag und Eduard durch eine dichte Baumallee wandeln, der Villa zu.

Marta: Das tu ich schon lang nicht mehr.

Carl: Sie sind Ihrer Sache gewiß. *(Er will ihre Hand küssen.)* Sie spielen mit mir, Marta?

Marta: Wenn Sie noch einmal meine Hand berühren, schlage ich Sie.

Carl: Tun Sie das.

Marta bricht, unwillig auflachend, ein Stöckchen vom Strauch ab, sie berührt damit Carls Hand.

Marta: Wehren Sie sich doch!

Carl: Wie sollte ich mich wehren, einem Fräulein gegenüber.

Marta: Sie sind feig.

Carl: Allerdings.

Marta: Feigling!

Carl: Sie reizen mich.

Marta lacht mutwillig auf; Carl berührt mit seinem Bleistift leicht ihre Hand; Marta lacht ihn aus, Carl schlägt.

Carl: Verzeihung – o! *(Er will ihre Hand küssen.)*

Marta: Das war gemein. *(Sie schlägt stärker zurück.)*

Carl *(wehrt ab)*: O!

Marta: Das war gemein, hier!

Carl: Ich fange gleich an zu weinen wie ein Kind.

Marta: Pfui!

Carl: Sie sind herzlos.

Marta: Und Sie vielleicht nicht?

Carl: Ich war hilflos.

Marta *(leichtfertig, kindlich und kokett)*: Und wenn ich Ihnen alle *(greift in den Gürtel nach ihrem Kamillenstrauße)* schenke?

Carl: Sie legten sie nun auf ein Grab.

Heinrich kehrt durch die Gartentür zurück – er nähert sich den beiden.

Marta *(erschrocken zu ihm)*: Wie ein Dieb.

Heinrich: Bei **den** Füßen *(zeigt sie)* müßte man schon taub sein. *(Er gähnt in verschiedenen Tönen.)* Pius, kennen Sie ein Subjekt namens Amadeus?

Carl noch in Gedanken.

Heinrich: Er kennt ***Sie***.

Carl: Der Amadeus mit dem gläsernen Herzen.

Marta: Warum kommst du schon zurück?

Heinrich: Weil ich müd bin.

Marta *(zu Carl)*: Auguste kennt seinen Großvater, der war Glaser, und er deutet Träume.

Heinrich: Er hat mir soeben den Tod prophezeit.

Carl *(ironisch)*: Die Deutung schmutziger Gewässer.

Heinrich: Nä – – – *(zynisch, gutmütig)* ich hab von faulen Eierschalen geträumt; für 10 Groschen wollte er mich auch nicht am Leben lassen.

Carl: Er ist konsequent.

Heinrich: Das muß man ihm lassen.

Marta: Oft sollen gerade so Leute wahr prophezein; erzähl es nur nicht Mama.

Heinrich geht zwischen den Zahnen summend ins Haus; vorher verschließt er die Gartentür.

Marta: Ich glaub, er hat doch was Angst.

Carl *(lacht auf)*: Er hat es schon längst vergessen. Die Katzen schreien.

Marta: Wie kleine Kinder!

Carl schweigt.

Marta: Weiße Angorakatzen sind himmlisch.

Berta und Auguste schleichen um das Haus mit Briefen in der Hand und klettern über den Zaun.

Carl: Haben Sie Ihre Dienstboten gesehen?

Marta: Es sind doch auch Menschen.

Carl: Darum müssen sie gehorchen.

Marta: Eduard sagt immer, es seien arme, weiße Sklaven.

Carl: Eduard ist ein Idealist.

Die Katzen schreien wieder auf.

Marta: Das war die alte, greise Katze!

Carl: Ich werde noch tobsüchtig – – –

Marta lacht mutwillig, kokett.

Carl: Lassen Sie das Vieh!

Marta: Wie Betrunkene – *(sie schreien wieder).*

Carl: Sie lecken zuviel an den süßen, bunten Kelchen.

Marta: Auf meiner Decke liegt des Morgens immer Blütenstaub.

Carl: Ich schlafe nicht.

Marta: Wegen des Examens?

Carl: Ich habe täglich ein schwereres zu bestehen.

Marta: Meine Mama – – –

Sie sehen beide gespannt zum oberen Fenster der Villa; Carls Arme sinken schwer herab. Marta atmet laut auf, Frau Sonntag ist wieder vom Fenster verschwunden, man hört murmeln außerhalb des Gartens.

Carl: Mädchen!

Er reißt Marta an sich, sie aber entwindet sich seinem Arm und stürzt ins Haus. Carl bleibt allein. Der gläserne Amadeus, Pendelfrederech, Lange Anna bleiben am Eingang der Gasse stehen.

Lange Anna: Fises Mensch, zwei Stunden hab'n wir uns in die Winkels vor de Türen gedrückt, in der Zeit du prophezeit hast, un nu gibst de uns so 'en schäbigen Lohn?

Pendelfrederech: Un mir kriegst de auch nich mehr mit zum Bangemachen.

Amadeus: Ich hab euch nich zu eingeladen, mit mich zu gehen; un du, Frederech, vertreibst mich de Kunden mit deine offne Bux.

Lange Anna *(schmeichlerisch zu Amadeus)*: Ich bin doch immer mit dich gegangen, un nun sprichst de so *(stößt ihn mit der Schulter vertraulich an)*. Es hat wohl lang nicht geklirrt in dein zimperlich Herz?

Amadeus: Na, da hast es, aber en halben Taler mußt de mich lassen.

Lange Anna dreht sich um und stellt sich vor die Mauer.

Amadeus: Siehst de denn nich *(zeigt auf das Schild)*.

Lange Anna: Ich hab überall Passe-partout.

Die beiden Mädchen kehren zurück, sie wollen schnell über den Zaun springen, sehen die Männer und schreien auf.

Amadeus: Nu schreit man nich so toll, ihr herrschaftliche Hurweibers.

Lange Anna *(ganz hoch)*: Sollen wir ens?

Berta: Herr Pius!

Auguste: Helfen Sie uns!

Carl beachtet ihr Hilferufen nicht.

Auguste: Der eine kriegt mir an de Bein!

Die Mädchen schreien abwechselnd auf, sie sind endlich über den Zaun, laufen zu Carl.

Berta: Haben Sie die drei gesehen?

Auguste: Ich kann nich mehr, ich kann nich mehr, nä, ich kann nich mehr! *(Amadeus lacht.)* Hat die Frau nach mich gerufen, Herr Carl?

Carl: Darüber kann ich Ihnen keine Auskunft geben.

Pendelfrederech murmelt grausig, Lange Anna spielt auf seiner Handharmonika: „O, du lieber Augustin, alles ist hin, hin, hin – – –" usw. Sie gehen weiter durch die Gasse der Stadt zu.

Berta: So hochnäsig. Sie bilden sich wohl ein, Sie sind der Herr Eduard selbst?

Auguste *(gutmütig)*: Lassen Sie ihm, Berta, es is ja sein Freund; was, Herr Carl?

Berta *(plötzlich gewöhnlich)*: Mach, daß du zu Haus kömmst, de Großmutter will das Enkelsöhnchen noch in Schlaf singen.

Auguste: Still, Berta, er wird schon wissen, warum er hier sitzen tut.

Berta: Aber beim Fräulein brennt doch schon de rosa Nachtampel.

Die Mädchen schleichen durch den Kellergang ins Haus. Die Katzen schreien nochmal auf, man hört in der Ferne noch Lange Anna spielen: „Alles ist hin, hin – – –“

Dritter Akt

Abends ½ 9 Uhr. Jahrmarkt. Karussell im Vordergrund links. Hinter dem Karussell und seitwärts rechts die verschiedenen Buden. Im Vordergrund die Bude der Riesendame Rosa, neben dieser die Schießbude, dann die Taucherbude, die Honigkuchenbude usw. Gegenüber links in kleiner Entfernung die schrägstehende Bude der Mutter Pius, die man nur ein Viertel sehen kann. Eine gemalte Kindermumie mit zwei Köpfen ist grotesk auf der Jalousie gedruckt. Fabrikarbeiter, Fabrikarbeiterinnen, Kommis, Ladenmädchen, Dienstmädchen, Herren der Gesellschaft mit ihren Schätzen, Schuljungen, Gassenkinder, Herumtreiber usw. Im Karussell stehen im doppelten Kreis hölzerne, groteske Tiere: Leopard neben Lamm, Reh neben Tiger, Löwe neben Pferd, Hirsch neben einer Riesengans usw. In Kutschen, die auf und nieder schaukeln, sitzen laute Weibsbilder, und an den Eisenstangen, die das Dach des

Karussells halten, stehen Arbeiter und Schuljungen, um den Ring wetteifernd, der an einem Pfahl unweit des Karussells hängt und eine Freifahrt bedeutet. Das Karussell dreht sich noch langsam auf die schon fast abgelaufene Melodie „O du lieber Augustin“. Die letzten Töne: „Alles ist hin, hin, hin, alles ist hin– – –“ Vor dem Karussell stehen Heinrich Sonntag und Lieschen Puderbach. – – Sie tragen auf der Nase ein blaues Pincenez und in der Hand einen Gummiball. Heinrich ist etwas angeheitert. Um Lieschens Hals hängt ein großes Pfefferkuchenherz mit der Aufschrift: Ich liebe dich. Man hört die beiden lachen zwischen den Klingeltönen des Karussells.

Heinrich Sonntag; sein Geschäftsfreund; die Herren mit grauen Zylindern; Dr. von Simon; Berta; Mutter Pius; Lieschen; August; Zuhälter Willem; Riesendame Rosa; Kommis; Ladenmädchen; Dienstmädchen; Pendelfrederech; Lange Anna; der gläserne Amadeus; Arbeiter, unter ihnen Färber, Weber usw.; Arbeiterinnen; Weibsbilder; Jahrmarktsleute; Gassenkinder.

Lieschen: Ich fahr für mein Leben gern *(es klatscht in die Hände)*, ich setz mir auf den Leoparden und Sie auf das Lamm.

Heinrich: Das machen wir, Puppel.

Lieschen: Wollt es ens doch endlich still stehen, Herr!

Heinrich: Du brauchst doch nicht immer Herr zu mir zu sagen.

Lieschen: Wie soll ich Euch denn nennen?

Heinrich: Wie de dein Schatz nennst, Puppel.

Lieschen: Den nenn ich Herrn Eduard, er is mein Königsschatz.

Heinrich tut erstaunt, er ahnt den Zusammenhang nicht.

Lieschen: Den kennen Se nich *(unbewußt verächtlich)*.

Heinrich: Ist er grad so schön wie ich?

Lieschen: Carl Pius sein Freund is er.

Heinrich: Aber so einen langen Schnurrbart *(er streicht ihn in die Höhe)* hat er doch nicht?

Lieschen: Herr Eduard scheint immer aus sein Gesicht.

Heinrich *(etwas besonnen, er weiß nun, von wem das Kind spricht)*: Ich möchte so jemanden wohl kennen lernen.

Lieschen: Der kömmt doch hierhin nicht.

Das Karussell steht still, die Leute springen ab. Es steigen unter andern wüste Männer und Weibsstücke ein, welche toben und kreischen. Heinrich springt jäh mit Lieschen in einem Satz herauf. Mutter Pius steht plötzlich vor dem Karussell; Lieschen ist im Begriff, sich auf den Leoparden zu setzen, und Heinrich sitzt schon auf dem Lamm.

Mutter Pius *(zu Lieschen)*: Das laß ich mich gefallen mit so en artigen Herrn, mein Herzeken.

Ein Weibsstück *(zu Lieschen)*: Laß mich ens beißen von das süße Herz.

Lieschen *(zu Heinrich)*: Nä, dat kriegt der Aujust. Er guckt sich de Augen nach aus und schämt sich, in de Leckersläden zu gehen. – *(Kleine Pause)* – Daß es noch nich anfängt!

Arbeiter treten ungeduldig mit den Füßen. Ein Geschäftsfreund von Heinrich im grauen Zylinder tritt mit je einem Schatz am Arm ans Karussell.

Der Geschäftsfreund *(zu Heinrich)*: Nun, Sie alter Sünder!

Das Karussell bewegt sich.

Heinrich: Steigen Sie noch rauf!

Sie springen herauf.

Gassenkind: Nehmen Se mir doch auch mit, Herr!

Die Musik spielt wieder: „O du lieber Augustin".

Mutter Pius *(zynisch zu allen)*: Wünsch euch 'ne angenehme Hochzeitsreis!

Sie kehrt schleunigst an ihre Bude zurück. Es kommen die Herren mit den grauen Zylindern – Bekannte von Heinrich – mit einer Anzahl Schätze und springen im beginnenden Tempo aufs Karussell. Arbeiter drängen die Weiber rücksichtslos ins Innere hinein, da sie auch den Ring greifen wollen. Das Karussell dreht sich wie ein Wirbelwind. Dr. von Simon und Berta kommen aus der Bude der Riesendame – sie gehen beide auf das Karussell zu.

Berta: Ist das nicht der Heinrich?

Dr. von Simon: Wo?

Berta: Warten Sie, gleich können Sie ihn wieder sehen.

Dr. von Simon ein wenig erschrocken.

Berta: Wenns nun Herr Eduard erfährt? – – –

Dr. von Simon: Der Narr ist wohl auch schon ***dein*** Beichtvater?

Berta: Und unsere Frau?

Dr. von Simon *(blickt durch seine kleine, goldene Lorgnette – beruhigt)*: Er kann nicht mehr gerade sitzen.

Berta: Mich kanns ja gleich sein, ich will doch nicht mehr lange für andere Leute arbeiten.

Dr. von Simon *(ergreift aufatmend die Gelegenheit)*: Du mußt mir dein Herzchen ausschütten, liebes Kätzchen.

Er will mit ihr umkehren.

Berta: Der bleibt ja nicht lange hier, er reitet ja jetzt immer schon um 6 Uhr früh spazieren.

Sie gehen in die Taucherbude, das Karussell bewegt sich etwas langsamer. Man hört im Vorbeifahren Heinrichs Stimme.

Heinrich: Noch einmal, Puppel?

Lieschen: Sicher, lieber Herr!

Ein Weibsbild *(aus der Rutsche)*: Kommt ens bei mich rein.

Lieschen: Stell dir doch an de Stange, dann kriegst de den Ring.

Einige Gassenkinder schreien.

Gassenkinder: Der Schimpanse ist ausgekniffen, de große Schimpanse is ausgekniffen!

Es entsteht eine Panik, zu einem Knäuel strömen die Menschen zusammen, fast alle Fahrenden springen vom Karussell herunter, Lieschen will das gleiche tun.

Gassenkind: Der große Schimpanz mit dem kleinen Schwanz is ausgekniffen, ausgekniffen!!!!

Lieschen: Hörn Se denn nich, der wilde Affe is ausgekniffen, der beißt, ich hab Angst vor das Tier. De Lehrer sagt, an Kinder machen sich de großen Tiere am ersten ran.

Der Taucher läuft aus der Bude, gestikuliert mit dem Eisenkopf und den Eisenfäusten, was furchtbar komisch aussieht. Heinrich hält Lieschen fest.

Mutter Pius *(kommt ans Karussell)*: Bleibt man sitzen, das is ja nur eine geriebene Reklame von de Zirkusleute.

Lieschen: Is es auch sicher nich wahr, liebe Mutter Pius?

Heinrich *(nickt)*: Nein. Haben Sie das Pulleken kaltgestellt, Mutter Pius?

Mutter Pius *(zynisch und wehmütig)*: Un mich dabei.

Die vorzeitig Abgestiegenen nähern sich wieder dem Karussell, zwei Weibsbilder schlendern Arm in Arm herbei.

Weibsbild *(zu* ***Heinrich****)*: Nehm mich doch, du zerbrichst ja dein Riesengespielzeug.

Ein anderes Weibsbild: Er ist doch de ***Puppenhangri!***

Die Herren im Zylinder lachen ermuntert auf.

Heinrich *(zu Lieschen)*: Was sie nich alles vom lieben Heinrich wollen; was, Liesken?

Einer der beiden Schätze des Geschäftsfreundes *(sagt zu ihrem Begleiter)*: Zu de Riesendame wollen wir ens rin *(zu ihrer Mitliebsten)*, kuck, Minna, die hat en Bart wie en Kerl.

Das Karussell bewegt sich wieder, ohne zu spielen; in ihm sitzen nur noch vereinzelt Kinder zwischen Heinrich und Lieschen.

Heinrich *(unsicher, da er angeheitert ist)*: Lieschen, spielt es denn nicht?

Lieschen: Es ist schon spät in die Nacht, Mutter Pius sagt, die Polizisten kämen sonst.

Heinrich: Dann wollen wir auch machen, daß wir runterkommen.

Er läßt die Kleine vom Leoparden auf seinen Rücken steigen, springt mit ihr vom Karussell, juchheit, läßt Lieschen zur Erde fallen, hebt es wieder in die Höhe, läßt es wieder fallen, fängt es auf, mit ihm springend durch die Menge, Mutter Pius kommt ihnen bis zur Taucherbude entgegen. Die Herren mit den grauen Zylindern sind vorangegangen mit den Schätzen und bleiben an der Schießbude stehen und schießen.

Mutter Pius *(etwas neidisch zu Heinrich und Lieschen)*: Wie die Blagen.

Es kommen eine Menge neue Arbeiter.

Lieschen: Ich hab Angst, der Vater kömmt und holt mir.

Heinrich: Ich versteck dich in meinen Mantel, Puppel.

Lieschen: Meinen Taler nimmt er mich ab für die Sparkaß.

Heinrich: Dann schenk ich dir einen goldenen, Puppel.

Lieschen: So reich sin Se?

Mutter Pius, Heinrich, Lieschen gehen weiter.

Eine Frau *(erstaunt fragend)*: Das Kleine von Puderbachs! – – – *(Sie sperrt grinsend den Mund auf.)*

Mutter Pius: Nu, un was alles! Das Kleine helft mich hier.

Sie biegen nach links ein. Dr. von Simon und Berta treten aus der Taucherbude.

Dr. von Simon: Du mußt nicht immer so laut meinen Namen nennen, Kätzchen, das ist nicht fair.

Berta *(beleidigt)*: O, ich weiß mir doch zu benehmen. *(Sie ahmt die Bewegung Martas nach.)* Du willst mir wohl los sein, Bruno?

Dr. von Simon: Bewahre. *(Gereizt)* Aber es wäre deine Pflicht gewesen, mich auf den Betrieb hier aufmerksam zu machen. Bedenke die Konsequenzen, falls mich einer meiner Arbeiter hier überrascht.

Berta: Unser Heinrich geht doch auch immer auf die Messe.

Dr. von Simon: All right! Die Arbeiter wissen auch, was sie von ihm zu halten haben.

Berta *(mürrisch)*: Dann hätten wir ja überhaupt bei dir bleiben können.

Dr. von Simon: Das können wir ja noch nachholen.

Er kitzelt sie heimlich in die Taille. Berta schüttelt den Kopf. Dr. von Simon schiebt sie langsam vorwärts am Karussell vorbei zum vorderen Ausgang.

Dr. von Simon: Wann feiern wir Hochzeit, Kätzchen?

Berta *(versöhnt)*: Ich dachte nach Weihnachten; so lang bleib ich auch noch. Die Frau hat mir durchs Fräulein fragen lassen, was ich mir wünsche.

Dr. von Simon: Laß dir mal weiche Kopfkissen schenken *(sagt ihr noch etwas ins Ohr)* mit einem ***rosa*** Himmelchen darüber – – –

Berta, verschämt geziert.

Dr. von Simon: Also vorher wird nichts?

Berta: Ich bin doch ein anständiges Mädchen; *(geziert)* ich dürfte nicht mehr nach Hause kommen.

Dr. von Simon: Auch nicht mir zuliebe?

Er kitzelt sie wieder in die Seite. Sie biegen beide ein, man sieht sie nicht mehr. Färber, deren Hände durch ihren Beruf bunt angelaufen sind, – August Puderbach ist unter ihnen – und Weber in gestreiften Kitteln und andere Arbeiter in blauen Blusen kommen über den Jahrmarkt. Mutter Pius tritt wieder in den Vordergrund.

August *(zu Mutter Pius)*: Wo ist es?

Mutter Pius: Liesken oder meine Rarität?

August: Es!

Mutter Pius: Guck ens selber.

August: Deine Bude ist ja schon zugeschlossen.

Mutter Pius: Meinst de, ich laß se bis zum frühen Morgen offenstehen?

August springt aufs Karussell, er dreht selbst die Orgel, die noch die letzten Töne des Liedes „O du lieber Augustin" dumpf abgibt. Er setzt sich dann auf den Hirsch und lutscht an einer langen Stange Süßholz; Herr von Simon kehrt alleine, nach Heinrich spionierend, zurück, ein Weibsbild tritt zu ihm heran.

Weibsbild: Lassen Se mir ens schießen, ich möcht en Taschenmesser gewinnen.

Willem: Das sag ich dich, läßt de dir mit ***dem*** ein, hau ich dich de Backzahn aus!

Dr. von Simon *(ihn wiedererkennend, ängstlich)*: Nicht gleich so heftig, ich werd sie dir nicht fortschnappen.

Willem: Du dünnet Geripp, durch wen bin ich so heruntergekommen, wenn nicht durch dir *(droht)*.

Dr. von Simon *(zitternd)*: Sind Sie nicht der Willem?

Willem: So heiß ich.

Dr. von Simon: Warum hat Sie denn eigentlich der Chef gehen lassen?

Fixiert ihn durch die Lorgnette.

Willem: Tu man das Glas von de Nas runter, de Hauptsach is, daß ich dir wiedererkenn, miserabel Verführer!

Dr. von Simon *(zitternd und devot)*: Kalt Blut, Willem!

Willem *(zu den Zuhörenden)*: Ich hab auch zu meiner Schwester gesagt, wenn ich den ens zwischen de Finger krieg!

August Puderbach *(springt komisch vom Karussell)*: Ich wollt meine Stange Süßholz ens zu End lutschen. *(Zu von Simon, idiotisch tückisch)* Seine Schwester haben Sie aufs Gewissen; nu kann sie lange warten, bis ich sie nehm, Sie fiser Seidenwurm.

Willem: Meine Schwester Laura auf dir warten? Auf son Pitter?

Er spuckt ihn an. Dr. von Simon will sich aus dem Staub machen, aber die Herren im Zylinder halten ihn auf mit Fragen.

August: Ich heirat überhaupt nich und die abgeknutschte Laura verdek nich.

Willem haut August eine Backpfeife herunter; die Herren im Zylinder kommen in den Vordergrund und ziehen von Simon mit sich.

Dr. von Simon *(zu den Herren)*: Es wird die höchste Zeit, sich zu entfernen, Shocking! Shocking!

Einer der Herren mit dem grauen Zylinder: Sie verstehen nicht, mit den Leuten zu scherzen.

Dr. von Simon *(verächtlich, sich mit den Fingerspitzen affektiert abstäubend)*: Allerdings!

Der Geschäftsfreund: Hat man Ihnen das nette Dingelchen stiebitzt?

Ein Zweiter von den Herren mit dem grauen Zylinder *(auf Heinrich zeigend)*: Der Chef versteht es besser mit den Leuten.

Heinrich taumelt stark betrunken an der Hand Lieschens, das selbst sehr angeheitert ist, fiebernde Backen und Augen hat, in den Vordergrund.

Heinrich *(zu Lieschen)*: Kannst mich leiden, Puppel?

Lieschen nickt, schüttelt die Haare wild und wirr durcheinander.

Dr. von Simon: Shocking!

Die Herren *(freundschaftlich)*: Wir wollen ihn nach Hause bringen.

Heinrich: Nach Haus? Zylinder ab!! Lieschen hörst du, nach Haus wollen sie mich transportieren.

Mutter Pius *(leise und vertraulich Heinrich ins Ohr)*: Mach man, daß de wegkommst, de kleine dünne Zahnstocher *(weist auf von Simon hin)* gefällt mich immer schon nich.

Heinrich: Wann wirst de eingesegnet, Liesken?

Lieschen *(weinselig)*: Brüst hab ich wie junge Salatköppe.

Die Herren mit den grauen Zylindern *(drängen ernst)*: Sonntag, kommen Sie jetzt!

Dr. von Simon: Shocking! – – –

Heinrich: Was sagen Sie?

Dr. von Simon *(zieht ihn unsanft am Arm und spricht befehlerisch)*: Sie folgen mir ohne Zaudern!

Heinrich *(in festem Ton, als ob er nüchtern wäre, plötzlich)*: Wer ist der Herr, ich oder Sie?

Der Geschäftsfreund von Heinrich *(zu von Simon)*: Reizen Sie ihn jetzt nicht!

Dr. von Simon *(dreist, sich von den Herren gedeckt glaubend)*: In diesem Falle bin ich der Herr.

Heinrich *(jähzornig taumelnd)*: Soldaten, Kameraden, wer der Herr Leutnant, er oder ich?

Scharen von Arbeitern sammeln sich plötzlich um Heinrich, von Simon ahnt eine Katastrophe, am Körper zitternd, sucht er kleinlaut Sicherheit hinter dem großen, breitschultrigen Geschäftsfreund von Heinrich und den anderen Herren.

Ein Arbeiter: Ein guter Leutnant war er.

Ein Zweiter: Gezecht hat er mit uns auf Kaiser sein Geburtstag wie'n gemeiner Soldat mit den andern.

Ein dritter Arbeiter: Wir wollen ihn hoch leben lassen.

Die ganze Schar: Unser lieber Leutnant, er lebe hoch! Hurra! Hurra! Hurra!

Willem *(Herrn von Simon drohend)*: Kerl!

Von Simon wagt nicht, den Schauplatz zu verlassen, sich überhaupt zu bewegen.

Heinrich *(brüllt)*: Angetreten!

Die Arbeiter und Herumtreiber sammeln sich in Kolonnen wie im Manöver. Die Weiber gucken neugierig zu. August stellt sich an die Spitze des links aufgestellten Bataillons, er hat sich einen Helm aus einer Zeitung angefertigt und setzt ihn auf den Kopf. Er empfängt seiner Ungeschicklichkeit wegen Püffe und Stöße.

Heinrich *(besichtigt taumelnd sein Regiment, schickt den einen zurück, den andern setzt er an den Anfang der Reihe usw. Ab und zu Flüche ausstoßend. Brüllt)*: Gerade gestanden! Schockschwerenot!

Willem: De Landhasen müssen zuerst auf den Feind losstürmen.

August macht eine Schießbewegung, den zitternden von Simon suchend.

Lieschen *(frech)*: Da is er ja!

Heinrich: Un de Maikäfer halten sich im Hinterhalt.

Willem: Un de Musik machen de Bindfadenjungen, daß de Hengste nur so galoppieren.

Alle lachen furchtbar, und die einexerzierten Arbeiter freuen sich mit Heinrich wie große, ungeschlachte Jungen, die Soldaten spielen.

Willem: Nu man los, Herr Leutnant, ich bin Euer Unteroffizier.

Heinrich *(brüllt)*: Ganzes Regiment linksum, vorwärts marsch!

Lieschen läuft neben Heinrich her, mit den Händen trommelnd und mit den Lippen Rhythmus markierend. Die Arbeiter exerzieren einige Schritte vom Vordergrund dem Platz zu; plötzlich von Simon bemerkend, wollen sie sich wie wütende Hunde auf ihn stürzen.

Heinrich: Stillgestanden!!! Den Feind hau ich allein kurz und klein.

Willem *(schleift ihn herbei, seine Hände mit der Lorgnettenkette fesselnd, wie vor seinen Feldherrn. Von Simon stöhnt vor Angst. Die Herren mit den grauen Zylindern kommen ihm nicht zu Hilfe, sie amüsieren sich, neugierig den Vorgang betrachtend)*: Lassen Se sich nicht totschlagen mit seinen Säbel, Herr Leutnant! *(Er zeigt tobend vor Lachen von Simons dünnes Spazierstöckchen.)*

August: Nu kann es losgehen, Kinder.

Willem löst die Kette von Dr. von Simons Händen. Der Geschäftsfreund drängt sich durch die erregte Arbeitermenge zu Heinrich, der hört aber in seiner Betrunkenheit des Freundes leises Zusprechen nicht; Heinrich hebt ein Kalkstückchen vom Boden auf und zieht einen großen Kreis unterhalb seines Herzens.

Heinrich: So, Jüngsken, das Terrain darfst de nich überschreiten, sonst bin ich belämmert.

Alles lacht stürmisch, nur Lieschen umklammert Mutter Pius ängstlich.

Lieschen *(sinnlich erweckt)*: Der macht den Heinrich tot.

Von Simon verblüfft; Heinrich wankt auf seine Freunde zu. von Simon will die Flucht ergreifen, aber die Arbeiter packen ihn.

Die Riesendame *(guckt aus ihrer Bude)*: Kommen Se bei mich, Herrchen!

Von Simon befreit sich einen Augenblick, die Arbeiter hinter ihm her. August springt wie ein Kater auf seinen Rücken. Aber es gelingt von Simon, ihn abzuwerfen, und sie rasen hintereinander über den Platz dem Ausgang zu.

Heinrich: Steckt ihn in den Aussichtsturm, meinetwegen!

Die Herren nehmen den völlig erschöpften Heinrich in die Mitte, um mit ihm fortzugehen.

Heinrich *(zu Lieschen und zu Mutter Pius)*: Schlaf süß, Marze! Gut Nacht, Mama Charlottchen.

Der Geschäftsfreund: Das müßt sie hören!

Die Menge verläuft sich, die Buden werden geschlossen, die alte Pius rennt in ihre Bude. Lieschen steht ganz allein im Vordergrund, setzt sich noch einmal auf den Leoparden im Karussell, streichelt ihn und springt dann ab.

Die Riesendame *(steckt den Kopf durchs Fenster)*: Wie heißt dein charmanter Kavalier?

Lieschen: Das geht Euch nix an.

Heinrich, in der Mitte der Herren, sieht man noch hinter dem Platz des Jahrmarktes auf einer Anhöhe heimwärts ziehen. Die drei Herumtreiber kommen langsam am Karussell vorbeigewandelt, über den Jahrmarkt gehend.

Pendelfrederech: Wir wollen den Garten nu reinigen von de Sünde *(murmelt böse)*.

Lange Anna macht die Bewegung des Kehrens. Er trägt eine lange, rauschende Papierschürze und eine Frauennachthaube aus Papier mit flatternden Bändern auf dem Kopf und eine dicke Warzennase.

Amadeus *(auf* **Heinrich** *zeigend)*: Da wandelt mein Todeskandidat.

Mutter Pius kommt von ihrer Bude zurück, in der einen Hand einen Korb, in der andern die Kindermumie, ihr zweiter Kopf, angefertigt aus Lumpen, baumelt am Rumpf herunter.

Mutter Pius *(zu Lieschen)*: Ich will mir hängen lassen, wenn es nicht dein Krakeeler von Vater gewesen war.

Lieschen läßt vor Müdigkeit den Kopf hängen; schauert auf, als Mutter Pius ihm die kleine Mumie reicht.

Mutter Pius *(zynisch)*: Halt ens dein Zwilling fest!

Mutter Pius befestigt den Kopf wieder an dem Rumpf. Die Riesendame grinst aus dem Fenster.

Mutter Pius: Nu komm man rasch, sonst pumpt mir die Rosa *(auf die Riesendame weisend)* wieder an, und de Mutter Pius kann nicht „Nä" sagen.

Sie wollen beide eilig über den Platz gehen, als Lieschen stehenbleibt, jäh Mutter Pius' Schoß umfassend.

Lieschen: Ich dank dir auch vielmals für alles, liebe Mutter Pius.

Sie eilen weiter, die Riesendame läßt die grün- und gelbgestreifte Jalousie ihrer Bude herunter, die fällt gleichzeitig wie der erste Vorhang über die ganze Bühne.

Vierter Akt

Im Arbeiterviertel wie im ersten Aufzug. Schornsteine dampfen und pfeifen in der Ferne jenseits der Wupper. Die Wupper ist bewegt und dunkelrot gefärbt. Fabrikarbeiter und Arbeiterinnen sind auf dem Wege zur Fabrik. Jungen ziehen Milchkarren, und Kinder laufen in die Bäckereien, Frühstück auszutragen. Über die Brücke geht, dem Häuschen von Pius zu, Eduard.

Eduard; Carl; Lieschen; August Puderbach; Mutter Pius; Frau Amanda Pius; Großvatter Wallbrecker; Gretchen Stomms.

Eduard *(erblickt Lieschen, das zur Bäckerei gehen will)*: Lieschen!

Lieschen *(läuft entzückt zu ihm)*: Herr Eduard! Herr Eduard!

Eduard: Wohin gehst du denn so früh?

Lieschen ist noch immer zu freudig, um zu sprechen, es hält Eduards Hand fest und springt beständig in die Höhe.

Eduard: Freust du dich denn so, mein Kind?

Lieschen: Sicher!

Eduard: Sieh mal! *(Er schwingt eine Rolle hoch in der Luft.)* Komm, wir setzen uns hier auf die Bank.

Sie setzen sich vor Pius' Haus auf die Bank. Eduard öffnet die Rolle.

Lieschen: Is aus England, nich?

Eduard nickt.

Lieschen *(bewundernd)*: Wie ist ***das*** schön gemalen!

Eduard: Welche von den Puppenmüttern gefällt dir am besten, Lieschen?

Lieschen *(freudig)*: De mittelste, die hat so große Augen, wie Sie habn.

Eduard *(streichelt ihr Haar)*: Das Bild mußt du dir an die Wand hängen, mein Kind.

Lieschen: Über unser Bett kömmt es zu hängen, un der alte Herr Jesus fliegt auf 'n Oller mit seine rotgeheulte Augen.

Eduard: Aber Lieschen – – –

Lieschen: Er guckt wie der Vater, wenn er von de sündige Welt predigt.

Eduard: Es kann auch nur ein frommer Maler unsern Heiland so schön malen, wie er gewesen ist.

Lieschen *(etwas dreist)*: Meine Mutter sagt, Sie möchten uns en goldenen Rahmen bei das Bild kaufen.

Eduard: Hat das deine Mutter gesagt?

Lieschen *(ihre Dreistigkeit fühlend, kleinlaut)*: Molz!

Eduard *(spricht zärtlich, gütig)*: Aber daß du gestern nicht das kleine Christkind besucht hast, Lieschen, darüber bin ich sehr traurig.

Lieschen *(erschrocken)*: Das dürfen Se nich sein; lieber bleib ich mein Leben lang in de Kirche auf de Stein liegen dreihundertundfünfundsechzig Tage *(besinnt sich)* und all die Stunden und die Minuten.

Eduard *(gerührt)*: Unsere liebe Mutter hat dich auch besonders gern, Lieschen.

Lieschen: Ich bin doch ens so schäbig angezogen.

Sieht auf ihr Kleid herunter, Arbeiter grüßen Eduard ehrerbietig.

Eduard: Darauf sieht unsere liebe Mutter nicht; sie sagte mir, du habest ein himmelblaues Herzchen, Lieschen, und sie möchte so gern, daß es nicht fleckig würde.

Lieschen: En himmelblaues Herzken – – – habn Sie einmal so eins gesehn?

Kinder rufen Lieschen an.

Erstes Kind: Lieschen!

Zweites Kind: Lieschen!

Sie laufen wieder fort.

Eduard: Nur einmal bei einem kleinen Engelchen, das trug es ganz vorsichtig in einem seidenen Tüchelchen in den Händen.

Lieschen: Aber denn könnt es doch nich mehr klopfen?

Eduard: Gewiß, es pochte ganz, ganz leise, lauter Perlen.

Lieschen: Sicher?

Eduard: Und das Engelchen konnt es immer sehn, und so mußt du auch dein Herzchen wohl behüten, verstehst du mich, Lieschen?

Lieschen *(verzückt und erstaunt)*: Ja – – –

Kinder: Lieschen, es ist half sieben; wir sagen es wieder!!

Lieschen rafft sich auf.

Lieschen: Ich muß nu laufen, Herr Eduard.

Gretchen Stomms kommt herbei, nähert sich etwas dreist den beiden und sagt Lieschen etwas ins Ohr.

Lieschen: Das is doch der nich.

Wird schüchtern, will fortlaufen mit Gretchen Stomms.

Eduard: Eine Hand darfst du mir doch noch geben.

Lieschen: Mir haut der Vater, wenn ich trödel'.

Gretchen Stomms *(altklug)*: Es kriegt heute seine Löhnung.

Eduard nickt, Wichtigkeit markierend. Lieschen verläßt ihn befangen. Die beiden Kinder laufen, die Arme gegenseitig über Kreuz im Rücken, fort. Großvatter Wallenbrecker kommt. Er trägt altmodisch grüngestickte Pantoffeln und die neue Pfeife in der einen Ecke im Mund. Arbeiter kommen wieder an Eduard vorbei.

Einer der Arbeiter *(brutal auf Eduard zeigend)*: Der muß auch bald ins Gras beißen.

Großvatter *(erblickt ihn)*: Guck einer an, der junge Herr, so früh. *(Nicht Antwort abwartend, nach dem Dachfenster sich aufstreckend)* Carl, steh auf, Faulenzer, dicker Plumpsack, steh auf! Amanda!

Eduard *(will ihn beruhigen)*: Lassen Sie sie noch friedlich schlummern, Großvater.

Großvatter: Tum Tingelingeling! – – – *(Er drängt Eduard, sich wieder auf die Bank niederzusetzen.)*

Eduard: Was meinen Sie, Großvater, wenn ich mir auch ein Pfeifchen anzünde?

Großvatter *(streicht ein Schwefelhölzchen an der Wand des Häuschens an)*: Schlecht sehn Se mal wieder aus, un es fehlt doch nix bei Sie; wo der Teufel einmal drinsitzt! – – – Was sag ich, der Teufel? Wallbrecker, bist du doch en dämlich Roß, aber was muß das für en Satans in Sie sein?

Eduard *(schelmisch)*: Wer den wohl erlegen könnte, Großvater?

Großvatter: En Heiligen sind Sie, der heilige Laurentius sind Se, un Kaffee müssen Se bei uns trinken, sonst beleidigen Se meine Tochter Amanda.

Er zeigt auf Amanda, die mit einem Tisch aus dem Häuschen kommt, ihn vor die Bank zu stellen.

Frau Amanda Pius: So 'ne Ehre, geehrter Herr Eduard!

(Stellt den Tisch vor die Bank und reicht ihm die Hand. Zu Wallbrecker) Wo is de Carl?

Großvatter: Er schläft noch. Ruf du ihm.

Frau Amanda geht ins Häuschen.

Großvatter: Er will nu Pastor werden, nehmen Se's ihn nich übel, lieber Herr Eduard.

Amanda kehrt mit Kaffeekanne, Tassen, Butterbrot usw. zurück. Es wird immer heller. Arbeiter und Arbeiterinnen, unter ihnen Färber mit grün-, rot- und gelbglänzenden Händen und bleichen Gesichtern, ziehen vorbei.

Großvatter *(zu einigen Arbeitern)*: Guten Tag zusammen!

Arbeiter: Auch schon aufgestanden?

Amanda: Wenn uns der junge Herr – – –

Carl *(unterbricht sie)*: Ich bin gleich unten.

Amanda: Wenn uns der junge Herr die Ehre schenken will un en Köppchen Kaffee mit uns trinken will?

Eduard *(gütig)*: Ich bin ordentlich durstig, liebe Frau Wirtin.

Amanda: Es fiel mich ja im Traum nich ein, daß de junge Herr heut kommen könnt, ich hätt sonst en Lot mehr gemahlen.

Carl *(man hört ihn oben sprechen)*: Meinen Kragenknopf kann ich gar nicht finden.

Mutter Pius *(guckt aus dem Dachfensterchen)*: Was seh ich – *(Sie tritt wieder vom Fenster zurück)* nu halt man still, ich kann dir doch nich mehr auf en Arm nehmen un dir antrecken.

Alle lachen unten.

Großvatter: Mich is so dämlich im Kopf.

Amanda: Du bist auch schon alt, Vatter.

Mutter Pius kommt.

Mutter Pius *(zu Eduard)*: Bleiben Se man sitzen, tun Se, als wenn Se zu Hause wären.

Eduard hustet.

Großvatter: Da meld er sich.

Eduard *(hustet stärker)*: Der alte Satansdrachen, was, Großvater?

Mutter Pius: De alten Doktors kurieren an Sie herum, die Mutter Pius aber wird Herr Eduard auf de Beine bringen, jeden Morgen und Abend en Köppken von de junge Weizensaat müssen Sie trinken. Ich will es Ihren Personal sagen.

Eduard *(gütig)*: Das mag wohl zuträglich sein, Mutter Pius.

Großvatter: Un jetzt man, wo wir Vollmond haben, soll es am tauglichsten sein.

Mutter Pius *(herrisch und verächtlich)*: Misch dir nich in mein Praxis, Großvatter Wallbrecker.

Eduard *(besänftigend)*: Das nehmen alle Mediziner übel, Großvater, wir sind doch mal nur Laien.

Großvatter *(könnte aufplatzen vor Lachen)*: Tum Tingelingeling, tum Tingelingeling – – –

Carl *(frisch, markig, primanerhaft, pathetisch)*: Ich grüße dich, Gottesmann, der du fürlieb nimmst mit unserer Speise und Trank.

Eduard *(leuchtend schelmisch)*: Friede sei deinem Haus, mein Bruder.

Großvatter spricht auf Amanda unverständlich ein; Mutter Pius versorgt sich mit Kaffee und streicht Carl Butterbröte.

Eduard *(legt Amanda ein Kuvert auf ihren Schoß)*: Von meiner Mutter.

Großvatter *(neugierig)*: Laß ens gucken!

Amanda *(stößt ihren Vater mit dem Ellbogen unsanft zurück)*: Nä, Ihre Frau Mutter is engelgut.

Eine dicke Träne fließt über ihre Backe.

Großvatter *(nickt dazu, fortwährend Amandas Worte bestätigend)*: Tum Tingelingeling, tum Tingelingeling, tum, tum, tum, tum!

Carl und Eduard unterhalten sich leise. Aus der Seitengasse, dem Zimmer im obersten Stock, das Puderbachs bewohnen, dringt Lärm. Ein Haufen Kinder sammelt sich lauschend vor dem Haus an.

Mutter Pius *(spricht lauter)*: Vielleicht trinkt Herr Eduard auch noch ein Köppken?

Der Lärm läßt nach.

Eduard *(nickt Frau Amanda zu)*: Er ist außergewöhnlich gut gebraut, ich möchte das Rezept unserer Auguste sagen.

Mutter Pius *(katzenfreundlich zu Amanda)*: Er schmeckt aber auch gut heut, Amanda.

Amanda: Vatter, hol noch wacker was Zucker aus die Blas, *(er steht langsam auf)* nu eil dir man ein bißchen!

Lärm dringt wieder stärker aus der Seitengasse, man hört weinen, und es ist, als ob Porzellan zerbricht. Arbeiter und Arbeiterinnen gesellen sich neugierig zu den Kindern vor der Gasse.

Amanda: Geh doch ens rüber, Carl, du verstehst dir doch mit den Scheinheiligen. Bist dich doch eine Otoridät.

Carl *(hart)*: Laß mich zufrieden!

Eduard verlegen.

Amanda: Wat redest de rauh!

Der Lärm läßt nach. Großvatter Wallbrecker kommt zurück, in seinem roten Taschentuch den Zucker wie in einem Beutelchen tragend.

Amanda: Bist de toll, Vatter?

Carl und Eduard lachen.

Mutter Pius: Ich sag garnix mehr.

Großvatter: Wat soll ich denn? Ich schlabbere ja mit de Löffels, *(zu Amanda)* ich schütt ihn doch so in 'em Reisbrei.

Carl *(sich belustigend)*: Ich bin Zeuge! Großvatter kallt de pure Wahrheit.

Amanda: Glauben Se 's nich, Herr Eduard, *(auf Großvatter zeigend)* er träumt immer.

Mutter Pius *(großmütig, heuchlerisch)*:: Wat sagst de, Wallbrecker, ich nehm mich doch en Löffel davon in mein Köppken?

Eduard klopft Mutter Pius auf die Schulter.

Großvatter: Ich hab mir seit von Tag nicht drin geschnauzt.

Alle lachen wieder herzlich. Aber furchtbar dringt der Lärm aus dem Hause der Seitengasse.

Amanda: Entweder geh du oder ich *(bittend)*.

Carl *(unerbittlich)*: Wenn er sie ens tüchtig verwichsen tät.

Großvatter: Du willst en Pastor werden, Carl – – ich hab gleich gesagt, Gesellen mußt de haben.

Der Großvatter erhebt sich.

Mutter Pius: Wegen dat schlumprige Weib drüben lassen wir uns beim Kaffee stören.

Der Großvatter ist im Begriff, herüberzugehen.

Eduard: Bleiben Se sitzen, Großvater, der Carl wird Ruhe schaffen.

Der Großvatter läßt sich aber nicht aufhalten.

Mutter Pius *(neidisch auf Großvatter weisend)*: Das tut er mich zum Ärger.

Amanda: Nu lauf man rasch den Großvatter nach, Carl!

Carl *(ärgerlich)*: Steh du doch deiner Freundin bei!

Carl hält Eduard zurück, der sich schlicht erheben will.

Carl: Er kommt ja gleich wieder heil zurück. *(Der Großvatter naht.)* Salve Cäsar! Statt den Lorbeer das Käppken auf den Kopf und Lieskens Present in de Schnute.

Alle lachen, auch hört man keinen Lärm mehr.

Großvatter: Ich hab all wieder gestillt, Kinderkes. Bleiben Se man sitzen, Herr Eduard.

Er bemerkt gar nicht, daß Eduard auf seinem Stuhl sitzt.

Amanda *(geschwätzig)*: Was bloß aus dem Liesken werden soll? –

Eduard: Lassen Sie mich erst über den Berg sein.

Mutter Pius *(listig)*: Da lassen Se man die Finger von.

Carl: Der Apfel fällt nicht weit vom Stamme.

Mutter Pius *(zynisch, halb zu sich zum eignen Amüsement)*: Herr Eduard ist doch kein Feinschmecker!

Eduard: Meine Schwester soll sich des Kindes annehmen.

Amanda *(devot)*: Ihr Fräulein Prinzessin Schwester?

Eduard *(nickt stolz)*: Ist sie nicht eine Prinzessin, Carl?

Carl errötet, ist benommen.

Mutter Pius: Dem Weib bin ich zu gut, ganz genau de Mama aus dem Gesicht geschnitten.

Großvatter *(bestätigend)*: Tum Tingelingeling, tum Tingelingeling, tum, tum, tum.

Wieder gehen Männer vorbei. Es sind die Helfershelfer, die Lange Anna zu Hilfe kamen am ersten Abend.

Großvatter: Nehmt man de Bein auf en Nacken.

Der Herumtreiber *(höhnisch)*: Na, wie schmeckt es euch denn?

Großvatter: Carl, hast de das gehört?

Mutter Pius *(zu Carl, ängstlich, er könnte sie hauen)*: Ärgere dir man nich darüber, Carl, das sind die nich wert.

Carl *(benommen)*: Ich hab garnix gehört.

Großvatter: Daß se mich nich en gemütlichen Abend gönnen, Herr Eduard. Fünfundzwanzig Jahr hab ich mit dem Liesken sein Großvatter am Webstuhl gesessen, *(weinerlich)* und doch war das Leichentuch zu klein für uns beide.

Carl: Mutter, gib mir meine Kappe!

Eduard *(gütig, schelmisch zum Großvatter)*: Wir werden noch oft zusammen ein Piepken schmöken, Großvater.

Alle lachen, nur der Großvatter nickt ernsthaft.

Großvatter: Jetzt leb ich von de Gnade meiner Tochter un die *(er zeigt auf Mutter Pius)*.

Mutter Pius: Ich bin doch gewiß nobel für dich!

Amanda: Daß er das viele Tabakschmöken nicht lassen kann.

Carl: Für de Arbeit sind de Frauleut da!

Frau Amanda greift Carls Kappe durchs Fenster und setzt sie ihm auf.

Mutter Pius *(lacht)*: Du frecher Bullenbeißer!

Großvatter *(zu Carl)*: Du bist noch jung, ich aber bin en altes, kränkliches Roß. *(Er hüstelt und spricht für sich)*: Hab das Wiehern eigentlich schon vergessen.

Er will aufstehen und ausspeien.

Amanda *(zum Großvatter)*: Versteck dir rasch, siehst de nich?

Der Großvatter beugt sich schnell hinter den Strauch neben dem Haus. Der Kaplan kommt vom Spaziergang in den Wald über die Wiese links; er hat einen schwankenden Gang. Er bemerkt die Gesellschaft vor dem Häuschen nicht.

Eduard: Warum soll sich der Großvater vor dem sanften Kaplan verstecken?

Mutter Pius *(weist auf ihn)*: Wie 'n kleines Prozessionsboot über 'n evangelisch Meer.

Eduard: Er ist sehr unglücklich, deiner Abtrünnigkeit wegen, Carl.

Carl *(sarkastisch)*: So viel Kummer hat sich noch keiner um meine Seele gemacht.

Eduard: Was sagen Sie dazu, Mutter Pius?

Mutter Pius: Daß Se lieber wieder nach unseren Luther hören sollen, was wollen Se allein herumschiffen?

Eduard *(zu Carl)*: Die Mütter!

Amanda: Aufstehen, Vatter, wir müssen auf die Wies.

Großvatter *(seufzend zu Eduard)*: De Wäsch legen.

Eduard erhebt sich auch.

Mutter Pius *(zu Eduard)*: Bleiben Se doch noch en bißchen bei de Mutter Pius, Herr Eduard.

Eduard: Morgen geht 's Examen los, ich muß noch mathematische Zahlen rechnen.

Mutter Pius: Was nich de Schulmeister all wollen, zu meiner Zeit war es noch nicht halb so schlimm.

Carl *(sarkastisch)*: Deshalb bist de auch kein Pastor geworden!

Eduard *(Großvatter und Amanda, die zögernd warten, die Hand reichend. Die beiden gehen ins Häuschen)*: Wir sind alle Pflugtiere. Kommst du mit mir, Carl?

Carl nickt.

Mutter Pius: Mit de Schluffen an de Bein, Jung?

Carl *(kleinlaut)*: Ich war wahrhaftig in Gedanken so gelaufen. *(Zu Eduard)*: Ich hab die Stiefel beim Schuster.

Mutter Pius *(zu Eduard, wie zu einem kleinen Jungen)*: De Mama wird schon bang sein – dafür kenn ich ihr.

Mutter Pius reicht Eduard ermahnend die Hand, Carl begleitet ihn bis zur Ecke. Eduard winkt noch einmal Mutter Pius zu.

Mutter Pius *(ruft durchs Fenster)*: Gib mir meine Valentiaspitzen und Poingtskrägen. Se liegen in de Fase auf en Schrank, daß de Mietze nich damit spielt.

Großvatter reicht die Spitzen heraus und zeigt in die Ferne, wo am Rand des Waldes die drei Herumtreiber: Pendelfrederech, Lange Anna und der gläserne Amadeus um eine Laterne gehen, deren Licht noch nicht ganz erblichen ist.

Großvatter *(dämlich)*: Da gehen die drei Erzengel in de Ferne un blasen aus de Laterne.

Mutter Pius: Du fängst auch wohl an zu reimen, wie de Carl?

Carl kommt zurück.

Mutter Pius *(zu Carl)*: Lang macht der auch nicht mehr mit.

Großvatter *(nickt beständig zustimmend)*: Tum, tum, tum, tum.

Carl: Ich würd dem schon ein Stück von meiner gesunden Brust geben.

Pause.

Mutter Pius: Sag ens, Carl, wen hast de lieber, mir oder ihm?

In der Richtung blickend, die Eduard eingeschlagen hat.

Carl *(lacht)*: Du träumst wohl, Großmutter, ich bin noch der Carl in deinem Schoß.

Mutter Pius: Mir überkömmt es man so.

Carl: Dich?

Großvatter: Tum Tingelingeling!!

Mutter Pius: Meinst wohl, de Großmutter war nie wehmutsvoll gewesen?

Carl: Na, was is denn los?

Mutter Pius sitzt eine Weile schweigend, den Kopf herabgesunken auf die Brust; die drei Männer verschwinden in der Ferne im Wald.

Amanda *(ruft)*: Wo bist du denn, Vatter?

Großvatter: Ich muß noch bei de Mutter Pius bleiben, sie hat Heiratsgedanken.

Mutter Pius *(auffahrend)*: Du alter Sünder.

Großvatter: Wenn ich en Sünder bin, da hätten wir uns heiraten sollen.

Mutter Pius: Dir! Du schlapper Bock!

Carl: Haltet eure Mäuler, ich muß arbeiten.

Großvatter *(holt einen Ausklopfer)*: Wart man, ich schaff dich Ruh! *(Amanda zieht ihren Vater vom Fenster fort. Man hört ihn noch aus dem Hause reden, wichtig)*: Im Examen muß er steigen!

Carl nimmt Heft und Buch, Tintenfäßchen, Halter aus seiner Tasche und beginnt zu blättern; Mutter Pius glättet geschickt die Spitzen und schweigt grübelnd.

Carl *(etwas neckisch)*: Ich glaub ens, der Großvatter hat recht gesprochen.

Mutter Pius: Ich altes Weib?

Carl *(sie neckend)*: Mit dein jung Herz!

Mutter Pius *(sich aufraffend)*: Temperatur hab'n alle Pius im Leib gehabt un du auch, Carl, siehst de, un de Großmutter weiß das. *(Sie holt sorgfältig Martas Bild aus ihrer Ledertasche und hält es Carl hin.) Carl fragend, verblüfft.*

Mutter Pius: Deine Flamme!

Carl tiefrot, zittert, reißt das Bild an sich.

Mutter Pius: Du Spitzbub, gib man rasch wieder!

Carl steckt es in seine Brieftasche. Kleine Pause.

Mutter Pius: Sie guckt sich nach dich die Augen aus.

Kleine Pause.

Carl: Wer sagt das?

Mutter Pius: Ich!

Carl: Das ist gelogen.

Mutter Pius: All de Leut sagen es in de Nachbarschaft.

Carl: Weibergeklatsch. *(Kleine Pause. Flehentlich erregt)*: Wer hat dir das gegeben, Großmutter?

Mutter Pius: Weißt de nich genug, daß du es auf deine Haut trägst, Carl?

Carl *(plötzlich glücklich)*: Großmutter! *(Er küßt sie auf den Mund.)* Du bist eine Teufelin!!!

Mutter Pius: Kriegt de Mutter Pius ens Schimpfe für die Gabe. – *(Kleine Pause.)* – Du heulst ja!

Carl *(unterdrückt die Erregung)*: Ich glaub es dir bald!

Mutter Pius: Wat zitterst du denn?

Carl: Ich hab Angst, ich fall im Examen durch. *(Plötzlich hart.)* Ihr Weiber stört mich!

Kleine Pause.

Mutter Pius: Carl, ich muß dich was recht Intimes sagen. Keiner darf es hören.

Carl: Laß mich zufrieden.

Mutter Pius: Sprech mit deine Schwiegermutter.

Carl: Was?

Mutter Pius: Wenn du 's Examen bestanden hast.

Carl grübelt.

Mutter Pius: Sie weist dir nicht ab, glaub es Mutter Pius. – *(Kleine Pause.)* – Du guckst mir an, als wenn ich dir zum Narren halt.

Carl gespannt.

Mutter Pius: So en wackerer Mann, wie du bist, Carl – un de feine Herrschaften stärken gern man das Treibhausblut mit den natürlichen seines.

Carl immer gespannt.

Mutter Pius: Liest de dann nich in de Zeitung öfters, daß de Gräfinnen sich mit de Lakais einlassen?

Carl *(naiv)*: Hinter den Rücken der Mütter?

Mutter Pius: Die Olschen wissen immer davon. *(Listig)* Mamma Sonntag weiß auch von das viele Leckers un de Zigaretten, was de Marta dich in de Manteltaschen stopft.

Carl *(trotzig)*: Wer sagt dir, daß sie es hereinstopft!

Mutter Pius: Das riech ich im Dampf, Carl. Nä, wie ein kleines Gockel bist de noch!

Von der Seite kommen August Puderbach und andere Färber, mit bunten Händen, durcheinander redend, von der Fabrik zurück; sie bleiben vor Pius' Häuschen stehen.

August: Se streiken wieder.

Mutter Pius *(ärgerlich)*: Und du?

Die Arbeiter *(durcheinanderredend)*: Aufhängen soll man die Krakäler.

Carl: Das sag ich auch.

August: Sind wir ens einmal eine Ansicht.

Amanda kommt zurück, rechts vom Hause her; sie hat die letzten Worte gehört.

Amanda: Gut bist de dem Carl ens doch, August. Den Scheitel trägst de ja am Sonntag wie er an der Seit.

Einer der Arbeiter: Was hab'n wir von der Streikerei?

August: Drei un ein halben Taler weniger im Monat. Mich war de Arbeitszeit nich zu lang.

Mutter Pius: Das muß man dich lassen, ein fleißiger Jung bist de – aber was tust de auch zu Haus bei dein muckerigen Vater?

August *(zu Carl)*: De Pastoren, die streiken nich, was, Carl? – Vielleicht sattle ich noch um.

Carl: Halts Maul!

Ein anderer Arbeiter: Was sollen wir machen, Mutter Pius, wir dürfen uns so nich zu Haus sehen lassen.

Mutter Pius: Kümmert euch doch nicht um eure Brüders.

Einer der Arbeiter: Was sollen wir machen gegen so viel Sozialdemokraten? Wir sind ja all Sozialdemokraten, aber darum brauchen wir doch keine Dummheiten machen.

Mutter Pius: Nä, wahrhaftig nich.

Derselbe Arbeiter: Was rätst de uns, Mutter Pius?

Amanda: Geht man wieder zurück zu euren Herrn und klatscht ihm die Vorgänge.

Ein anderer Arbeiter: Nä, verraten tun wir de Brüder nich.

Carl *(herablassend, brutal)*: Schlagt euern Herrn tot, wie se 's in Rußland machen!

Derselbe Arbeiter: Un dann?

Mutter Pius *(lachend)*: Dann wirst du der Besitzer, August.

Ein anderer Arbeiter: Lieber bleiben wir en Arbeiter, als en Herrn werden über se alle.

Mutter Pius: Ich würd schon mit ihm tauschen. Alte Schafsköpfe, wo man euch hintreibt, freßt ihr!

Einer der Arbeiter: Recht hat se man.

Ein anderer Arbeiter: Mein Jung soll lieber in unser eigenen Schweiß *(er zeigt auf die Wupper)* versaufen, als en Färber werden.

Einer der Arbeiter: Kannst du uns was borgen, Mutter Pius?

Ein anderer Arbeiter: Guck ens in dein Beutel nach – – –

Mutter Pius: Ich hab von Tag nich en Kastemänneken über. De Carl muß doch auf de Universität ne ganze Bux am Hintersten hab'n.

Lieschen läuft, vom Brotaustragen zurückgekehrt, zu August – er und die Arbeiter gehen weiter, sich zu beraten. Der Großvatter Wallbrecker kommt keuchend über die Wiese, er ruht sich vor der Brücke aus. Er trägt einen Wäschesack auf dem Rücken. Von der Gasse hört man Getrampel und Fluchen, eine Schar Arbeiter kommt auf Pius' Häuschen zu.

Mutter Pius *(nimmt mit einem Griff Carls Bücher und ihre Spitzen)*: Komm wacker herein, Carl, ich muß mir neutral halten, un wenn Bebel selber mir um Rat fragen tät.

Der Großvatter sieht Lieschen, das noch vor dem Haus von Pius steht.

Großvatter: Lieschen!

Lieschen *(mit raffiniertem Einverständnis zu Mutter Pius)*: Soll ich heut wieder helfen, Mutter Pius?

Mutter Pius ist aber schon im Haus und hat Lieschens Frage nicht gehört. Die Arbeiter verziehen sich. Lieschen geht der Gasse zu. Großvatter ruft; aber Lieschen will, scheint's, nicht hören; er pfeift den Pfiff, der Lieschen ein Signal geworden ist. Nun steht der Großvatter vor dem Häuschen.

Großvatter: Nä, wie sich das Blag verändert hat! Amanda, mein Buckel stürzt ein!

Er geht ins Haus.

Fünfter Akt

Erste Szene

Eine Art Gartenzimmer in der Villa der Familie Sonntag. Rechts führt die Tür zum Flur, von der man die Haustür deutlich sehen kann. Links ein breites Fenster, das den Garten spiegelt. Viele Schlingpflanzen und andere Blumen schmücken das Zimmer. Nahe dem Fenster steht ein lila Ledersofa, worauf Frau Sonntag und Eduard sitzen. Frau Sonntag hält zerstreut ein offenes Buch auf der Rückseite im Schoß. Marta ist im Begriff, den Flor von Heinrichs Bild abzunehmen. Die Familienmitglieder sind in Schwarz gekleidet, auch die Dienstboten.

Frau Sonntag; Eduard; Marta; Dr. von Simon; Auguste; Berta.

Marta: Immer wieder hängt ihn Auguste um das Bild.

Frau Sonntag: Warum nimmst du ihn ab?

Marta: Eduard will es ja.

Eduard *(liebevoll)*: Ich möchte, liebe Mutter, daß man ihm Lebendigeres brächte.

Marta *(zu Eduard)*: Wie gefällt dir dieses junge Grün?

Eduard nickt dankbar.

Frau Sonntag *(melancholisch)*: Ich traure, daß er gelebt hat.

Marta schmückt das Bild, setzt sich dann ans Fenster und stickt auf einen Rahmen in Seide Kamillen. Ihre Bewegungen sind unruhig, wartend.

Eduard: Daß du nur einen Augenblick an seiner Ehrenhaftigkeit zweifeln kannst!

Marta: Dr. von Simon sagt aber auch, ein Unschuldiger gehe nicht dem Leben durch.

Eduard: Der Inspektor hat sich kein Urteil über unsern Bruder zu erlauben, vor allen Dingen aber vor seines Herrn Schwester nicht.

Frau Sonntag winkt Marta zu schweigen. Kleine Pause.

Eduard: Soldat war er, wie soll der anders in diesem unaufklärbaren Falle handeln!

Frau Sonntag: Ich glaubte, diese Zeit hätte er längst vergessen.

Eduard: Aber Mutter, der Soldat lag ihm im Blut wie in Achill der Sieg.

Frau Sonntag: Wie du ihn zu verherrlichen suchst, Eduard!

Marta: Schneidig standen ihm die Schnüren und der Galahelm.

Eduard *(Marta in die Rede fallend)*: Er hätte Soldat bleiben sollen, Mutter, auch nach Papas Tod.

Frau Sonntag: Du sagst das so vorwurfsvoll, sollte ich mich vielleicht ins Büro der Fabrik setzen?

Eduard: Mutter, du bist nervös.

Frau Sonntag: Er hat damals Papa versprechen müssen, die Leitung zu übernehmen.

Eduard: Ich hätte ihm das Versprechen nicht gegeben, wenn ich Heinrich gewesen wäre.

Frau Sonntag: Du? *(Erstaunt)* Daß ich meine Kinder so wenig kenne – – – Es hätte sich schon ein Stellvertreter in der Verwandtschaft gefunden.

Marta: Wenn ihr euch jetzt immer so ernst unterhaltet es ist schon trist genug bei uns im Haus.

Frau Sonntag *(melancholisch)*: Ich bin auch keine Gesellschaft für dich.

Eduard: Bald habt ihr mich los.

Frau Sonntag und **Marta** *(sprechen fast zusammen)*: Ich hoffte, ***du*** würdest ***nun*** bleiben, Eduard?

Marta: Bringst du auch mal einen Mönch mit nach Hause?

Mutter und Sohn lächeln.

Eduard: Wie denkst du dir das?

Marta: Ich möchte mal so jemand ganz Frommes kennen lernen.

Frau Sonntag *(wehmütig, mokant)*: Du bist ihr nicht fromm genug.

Eduard: Kinder und Narren – *(kleine Pause)*.

Marta: Mama, kann man eigentlich ***rosa*** auf dem Standesamt tragen?

Frau Sonntag *(unterbricht Marta erschrocken)*: Daß du es übers Herz bringen kannst, Eduard.

Eduard: Wenn du Gott liebtest, würdest du nicht versuchen, mich wankend zu machen.

Frau Sonntag: Ich liebe Gott nicht.

Eduard: Weil du ihn mit menschlichen Empfindungen suchst.

Frau Sonntag *(melancholisch)*: Ich habe keine andern.

Eduard *(legt den Arm um sie)*: Und doch leidest du unmenschlich, Mütterchen. – *(Kleine Pause)*. – Ich möchte dir, solange ich noch bei dir bin, Vater und Heinrich ersetzen. – Warum lächelst du so fremd?

Frau Sonntag: Das wirst du nie, Kind.

Eduard: Wenn ich mir nun alle Mühe geben werde?

Frau Sonntag: Du könntest es, Gott sei Dank, nicht.

Marta: Ich habe einmal zwei Mönche im Kölner Dom gesehen. Ihre Köpfe waren geschoren, wie bei Verbrechern, und barfuß gingen sie später durch den Schnee.

Mutter *(seufzend)*: Du hältst es nicht ein Jahr im Franziskanerorden aus, Eduard.

Auguste *(öffnet behutsam die Tür des Zimmers)*: Herr Pius ist da un will die Frau ganz allein sprechen.

Frau Sonntag *(zu Eduard)*: Er meint dich gewiß, Eduard.

Auguste: Nä, er sagt ganz ausdrücklich, ***die Frau***.

Frau Sonntag erhebt sich achselzuckend.

Auguste *(flüstert Marta leise ins Ohr)*: Ihr Bräutigam is auch wieder da.

Marta blickt forschend auf Eduard, der aber nichts gehört hat, und geht leise trällernd aus dem Zimmer. Auguste deckt Eduard mit der Gebärde der Frau Sonntag eine Decke über die Füße.

Eduard: Bei der Wärme, Auguste?

Auguste: Wenn es Herr Eduard hab'n will, leist ich ihm en bißchen Gesellschaft.

Eduard nickt gütig.

Auguste: Ich hör für mein Leben gern von Herrn Jesus erzählen.

Eduard nickt. Auguste nimmt Platz und zieht ihren breiten, blauen Strickstrumpf aus der Tasche.

Auguste: Sie müssen nich immer auf den Heinrich gucken, er kriegt kein Frieden.

Eduard: Und eigentlich war ich doch an der Reihe.

Auguste: Das helft alles nix, passen Se auf, Herr Eduard, *(freudig verheißend)* nach der Trauer folgt de Hochzeit.

Eduard blickt sie fragend an.

Auguste: Euch mein ich doch verdeck nich, oder der liebe Herrgott müßt sich auch eine Tochter machen.

Eduard lächelt.

Auguste: De Marta mein ich.

Berta *(tritt mürrisch ins Zimmer, sie bringt auf einem Tablett eine Kanne Milch und ein Glas. Zu Auguste)*: Ihnen alles nachzutragen, habe ich auch keine Lust mehr.

Sie verläßt das Zimmer.

Auguste: Das dumme Blag tut ens so zimperlich wie 'n Fräulein.

Eduard: Sie sieht seit einigen Tagen sehr unzufrieden aus.

Auguste: Gekündigt hat se Mama Sonntag, sie geht nach Schlamerika.

Eduard: So?

Auguste: Ich glaub, de Mutter Pius hat ihr das aus de Karten prophezeit.

Eduard: Mutter Pius hält euch nur zum besten – sie ist doch eine kluge Frau, dünkt mich?

Auguste: Sie gucken ja immer in den Himmel rein.

Eduard: Nein, ist sie keine kluge Frau?

Auguste: Wie mans beguckt; aus ihrer Schlauigkeit krauchen die Narrheiten.

Eduard: Das ist mir ganz neu.

Auguste *(kleine Pause)*: Ich könnt euch alles beichten, Herr Eduard.

Sie hebt eine Masche auf, die während ihres Sprechens gefallen ist.

Eduard: Tun Sie das, Auguste.

Auguste: Ich habe Mama Sonntag vorige Woche was vorgelogen.

Eduard *(ein Lächeln unterdrückend)*: Was denn, Auguste?

Auguste: Ich hab mich gar nicht verschlafen, im Leichenhaus war ich. Ich wollt dem lieben Herrn Heinrich addjüß sagen.

Eduard: Das hätte Ihnen meine Mutter ja nicht verwehrt, Auguste.

Eine Schar Jungens mit Waldbeeren in Kannen klingeln an der Haustüre und klopfen und surren.

Auguste *(schließt die Tür)*: Und was denken Sie, wem seh ich da – de alte Pius! De Augen standen scheel wie beim Geripp, un gedreht hat se sich *(spricht immer tiefer)* um de Leichen immer rund um, ohne aufzuhören, un gesungen hat se dabei *(sie singt ganz tief, fast im Baß)*: O du lieber Augustin, alles is hin, hin, hin.

Eduard: Was erzählen Sie da, Auguste?

Auguste: Regen Se sich deshalb nich auf. Carl sein Großvatter, der hat vor langer Zeit zu mich gesagt, de Mutter Pius war das Karussell, wo wir all drin sitzen.

Frau Sonntag kommt entstellt ins Zimmer; sie sieht ganz gelb im Gesicht aus. Die Jungens sieht man beim Hereintreten sich vor der Haustür drängen. Der größte hält ein Öllämpchen in der Hand.

Auguste: De Jungens machen mir ganz nervös.

Ahmt Frau Sonntag nach, erhebt sich gemächlich vom Stuhl und geht behutsam aus dem Zimmer.

Die Jungens: Gitzhals! Gitzhals!

Frau Sonntag: Du weißt es wohl schon.

Eduard ist noch immer erregt von Augustens Erzählung.

Eduard *(nickt fragend „nein")*: Du schüttelst dich, als ob du über ein gedüngtes Land gegangen bist.

Frau Sonntag: Du weißt es wirklich nicht, Eduard?

Eduard: Setz dich zu mir, armes, armes Mütterchen.

Pause.

Frau Sonntag: Pius war doch hier.

Eduard: Ach ja, was wollte er?

Frau Sonntag *(tonlos)*: Marta.

Kleine Pause.

Eduard: Ich hätte mich mehr erschrocken, wenn es der Inspektor gewesen wäre.

Frau Sonntag *(verlegen)*: Du hättest ihn sehen müssen, den schüchternen Jungen – impertinent wurde er, sage ich dir, Eduard. Er trinkt überdies.

Eduard *(kleine Pause)*: Ich bildete mir ein, er hätte uns so oft meinetwegen besucht. – *(Kleine Pause)* – Ich bin Egoist geworden während meiner Krankheit.

Frau Sonntag: Aber Eduard, er konnte sich doch glücklich schätzen, dich besuchen zu dürfen.

Eduard: Wie trivial faßt du unsere Freundschaft auf, Mutter.

Die Jungen werden so laut, daß man sie im geschlossenen Zimmer hört.

Frau Sonntag *(sehr verlegen)*: Auguste soll die Kinder draußen fortschicken. *(Sie klingelt.)*

Eduard: Eine junge, eherne Apostelgestalt ist Carl Pius, in Versuchung.

Frau Sonntag: Du bist ein Fanatiker.

Eduard: Und doch lehrt Krankheit weise Melodien. – *(Kleine Pause)* – Was sagtest du ihm?

Frau Sonntag: Ich erinnerte ihn zuerst an seine Jugend.

Eduard: Und?

Frau Sonntag *(sich erdenkend)*: Daß Marta dann schon ein altes Mädchen sein würde – aber als er impertinent wurde – wies ich ihm die Tür.

Eduard senkt den Kopf.

Auguste *(triff behutsam ins Zimmer, ihre roten Backen glänzen, sie läßt die Zimmertür halb offenstehen)*: Wie zwei Turteltauben, die beiden im Garten – *(Frau Sonntag verlegen)*.

Eduard: Das wäre allerdings eine Impertinenz – – –

Die Jungens betteln unaufhörlich.

Auguste: Wir wollen de Jungens en Liter Waldbeeren abkaufen, dann hab'n se Ruh.

Sie nimmt aus Frau Sonntags Portemonnaie im Schlüsselkorb, ohne Antwort abzuwarten, Geld. Marta und der Inspektor werden sichtbar im Garten. Eduard wendet den Kopf zum Fenster hin. Frau Sonntag rafft sich auf.

Frau Sonntag *(gepreßt)*: Sie sollten es dir selbst sagen, Eduard.

Kleine Pause.

Eduard: Schamloser konntest du deinen Sohn Heinrich nicht verraten. – *(Kleine Pause)* – Mein armer Bruder, ein flüchtender Soldat, ging er verzweifelt in den Tod – –

Frau Sonntag: Damit gibst du ja seine Schuld zu.

Eduard: Es steht dir nicht, Mutter, mich meuchlings überführen zu wollen.

Frau Sonntag: Ich verstehe nicht, was du eigentlich gegen Dr. von Simon hast.

Eduard: Dasselbe, was du gegen ihn hast, Mutter, darum wagtest du auch nicht, mir von der Katastrophe ***selbst*** Mitteilung zu machen.

Frau Sonntag *(etwas finster)*: Ich fürchte mich vor meinen Kindern nicht, selbst vor dir nicht, Eduard.

Kleine Pause.

Eduard: Erinnere dich doch, welchen Verdacht du gestern noch gegen ihn aussprachst.

Frau Sonntag *(hochmütig)*: Ich hab ihn mir eigentlich erst heute morgen angesehen.

Eduard *(spöttisch)*: Schwärmst etwa ***auch nun*** für seine schmachtenden Wimpern?

Frau Sonntag *(aufweinend)*: Ich fühle, Eduard, ich war zu selbstlos zu dir.

Eduard: Mutter, teure Mutter, aus welchem Grunde willst du Martas Mädchenseele preisgeben?

Frau Sonntag: Daß Heinrich in der letzten Zeit auf ihn erbost war, hat tiefere Gründe.

Eduard: Aber wir haben doch Augen und Ohren, Mutter.

Frau Sonntag *(gezwungen)*: Ich wünschte sogar, wir hätten Herrn Dr. von Simon veranlaßt, zeitiger in unserem Hause zu verkehren.

Eduard: Du weichst noch immer meiner Frage aus, Mutter?

Frau Sonntag: Um dir Einblick in die geschäftlichen Dinge zu geben, warst du damals zu jung, Eduard.

Eduard: Wir lebten doch luxuriöser als heute, Papa gab eine Festlichkeit nach der andern.

Frau Sonntag: Das war es ja eben. Heinrich hat oft genug sein Schweineglück, wie er sich ausdrückte, gepriesen, einen Mann wie Dr. von Simon gefunden zu haben. – *(Kleine Pause)* – Wir können uns glücklich schätzen, daß er Marta nimmt.

Eduard: Der Mann bringt wahrhaftig kein Opfer.

Auguste öffnet zögernd die Zimmertür, sie hält einen großen Rosenstrauß in der Hand, zwischen den Blättern liegt eine Karte. Sie versucht, sich mit Frau Sonntag schweigend zu verständigen.

Frau Sonntag: Nicht wahr, Auguste, Herr Dr. von Simon ist doch der richtige Mann für das Fräulein?

Auguste schlägt erstaunt die Augen auf und dann mit zufriedenem Lächeln:

Auguste: Von das Fräulein Oberbürgermeister – – –

Sie stellt den Strauß zärtlich in eine Vase.

Eduard *(spöttisch)*: Du fragst doch sonst deine Dienstboten nicht.

Frau Sonntag: Sie können gehen.

Auguste *(greift in die Schürzentasche)*: Un das da soll ich die Madame von dem längsten Bengel draußen geben, un er wünscht ein langes Leben.

Frau Sonntag nimmt das Kuvert gedankenlos hin, spielt damit, legt es dann schließlich auf den Tisch.

Auguste *(zu Eduard):* Ich glaub, dem Liesken sein Bruder wars, der Kerl mit der langen Nas und de grüngemalten Hände. Seine Bux hat er aufgekrempelt bis über de Knie.

Auguste bleibt bei der halbgeöffneten Zimmertür unbemerkt stehen.

Eduard *(nimmt das Gespräch wieder auf):* Das ist alles noch kein Grund, seine Tochter zu verkaufen.

Frau Sonntag: Soll Marta vielleicht Ladenmädchen werden?

Eduard *(primanerhaft):* Lieber als im buhlerischen Bett liegen.

Frau Sonntag: Du übertreibst, Eduard, ich bitte dich, schlafe eine Nacht darüber.

Eduard *(mit biblischer Wucht):* Ich sage dir, Weib, beflecke unser Haus nicht.

Mutter bricht weinend zusammen.

Frau Sonntag *(leise):* Du bist impertinent wie Carl Pius.

Auguste *(behutsam durch die Tür wieder eintretend, glotzäugig, gutmütig, lügend):* Überall schellt es –

Eduard: Die kommt dir immer wie gerufen.

Auguste: Ich kann de Mama Sonntag nicht heulen sehen.

(Tritt gutherzig näher zu ihr hin.) Ma'mm Sonntag – – –

Eduard kämpft mit sich. Marta kommt temperamentvoll ins Zimmer, von Simon verharrt unsicher, als er Eduard erblickt, vor der halb offenen Zimmertür.

Frau Sonntag: Marta, laß uns noch einen Augenblick allein.

Marta gehorcht schmollend; im nächsten Augenblick ihren Bräutigam graziös anlächelnd, verschwindet sie mit ihm wieder.

Eduard *(zärtlich, aber fest)*: Hast du mir noch etwas zu sagen?

Auguste *(zu Frau Sonntag)*: Gucken Sie ihm an, Ma'mm Sonntag, er hat en Heiligenschein um de Locken.

Frau Sonntag nickt unendlich traurig.

Auguste: Er paßt gar nicht in de sündige Welt.

Frau Sonntag ernst zustimmend.

Auguste *(zeigt auf die Haustür)*: Da steht verdeck noch der große Lümmel von Puderbachs vor de Haustür und lauert.

Eduard: Ist das Lieschen bei ihm?

Frau Sonntag: Aber Eduard – – –

Auguste: Lassen Se das arme Blag man lieber links liegen, sonst kommen Se auch wie de Heinrich im falsches Verdacht.

Eduard erschöpft, er hustet stärker.

Auguste *(harmlos)*: Er hat mir selber öfters gefragt, ob Herr Eduard das Lieschen poussierte.

Eduard *(entgeistert, kleine Pause)*: Mutter, hast du das gewußt?

Frau Sonntag *(mitleidsvoll)*: Ich kenne dich doch, Eduard –

Eduard schreitet fremd und einsam aus dem Zimmer wie über einen Berg herüber. Frau Sonntag sieht ihm melancholisch nach; nimmt das Kuvert zerstreut vom Tisch und tritt ans Fenster, vor das die Verlobten treten; Marta blickt erstaunt den Zaun des Gartens entlang.

Marta: Denk mal, Mama – *(Frau Sonntag hört kaum hin)* eben ging Berta aus dem Haus am Zaun vorbei, in ***meinem*** Jackett und Hut,
und ***ihre*** Sachen hängen an meinem Haken am Ständer.

Dr. von Simon: Darf ich der verehrten Mama die Hand küssen?

Berührt die ihm zaudernd dargereichte Hand.

Frau Sonntag *(verlegen)*: Ich kann mich noch gar nicht an den Gedanken gewöhnen.

Auguste wartet am äußeren Ende des Zimmers. Die Situation ist ihr unbegreiflich. Sie geht heraus. Marta schmollt. Sie nimmt eine Kamille aus ihrem Gürtel und befestigt sie über dem Herzen von Simons.

Dr. von Simon: Du wirst mich ausputzen wie einen Geck, Kätzchen.

Frau Sonntag öffnet apathisch das Kuvert, sie nimmt Martas Nacktphotographie hervor – erschrickt heftig – begreift nicht, betrachtet sie von allen Seiten. Sie ruft Marta ans Fenster zu sich und hält ihr die Kehrseite des Bildes vor Augen.

Frau Sonntag: Marta, kennst du die Handschrift?

Marta *(übermütig)*: Das ist Pius seine dicke Tatze.

Auguste *(kommt geheimnisvoll ins Zimmer)*: Herr Eduard sitzt in seine Stub und beguckt sich im Spiegel.

Marta: Den hat er doch beklebt, daß er nicht eitel werde.

Frau Sonntag schließt das Bild in ihren Sekretär ein.

Dr. von Simon *(leise zu Marta)*: Für dich wird es auch die höchste Zeit, hier herauszukommen, Kätzchen.

Frau Sonntag *(apathisch, dann aufleuchtend zu sich redend, aber den Kopf zu den beiden zum Fenster hin gewandt)*: Ich werde ihm eine Herzensfreude machen.

Marta *(etwas schnippisch)*: Du willst wohl mit ihm ins Kloster gehen, Mama?

Auguste geht mit der Gebärde, die ausdrückt, um Himmelswillen nicht, fürsorglich hinter Frau Sonntag aus der Türe. Die Verlobten verschwinden im Garten.

Zweite Szene

Im selben Arbeiterviertel wie im ersten Aufzug.

Pendelfrederech; Lange Anna; Amadeus; Eduard; Carl; August Puderbach; Großvatter Wallbrecker.

Amadeus: Klopfen Se man tüchtig, de alte Pius schläft doch nich in de Nacht, die hat mit em Satan zu konferieren.

Lange Anna: Un oben beim Wallbrecker sin de Fensterlöcher verstopft.

Pendelfrederech *(stößt Eduard stier an)*: Ich hab 'ne trockne Kehl, Herr.

Lange Anna: Du toter Maulwurf, was weißt du von em Durscht!

Pendelfrederech *(zu Eduard)*: Wir sind ja beide auf de Himmelfahrtreis.

Er murmelt grausig. Eduard gibt ihm ein Geldstück.

Lange Anna *(betrachtet es höhnisch)*: Davon brauchst de mich nix mitgeben, Frederech!

Pendelfrederech: Altes Ferkel!

Amadeus: Wenn Sie de Carl sprechen wollen, Herr, der is im Wirtshaus und säuft 'en Fusel nach dem andern; *(Eduard bewegt)* un de Aujust sitzt bei ihm un frißt Zucker aus seine Tasch und säuft mit ihm in Kömpanni.

Eduard bewegt sich in der Richtung zum Wirtshaus.

Amadeus *(instinktiv)*: Ich will ihm herausholen, bleiben Sie man lieber hier.

Pendelfrederech: Hausknecht!

Eduard hält Amadeus zurück. Lange Anna kreischt plötzlich auf, ähnlich wie am Abend, als Carl Pius seinen Arm verrenkte.

Amadeus: Was is dich, Lange Anna?

Lange Anna wimmert wie ein Weib. Pendelfrederech murmelt böse.

Amadeus: Wie 'n Schellenzug von de Großmutter bammelt dein Ärmel am Leib herunter.

Lange Anna quietscht leise Frederech ins Ohr.

Pendelfrederech: Altes Ferkel!

Amadeus *(zu lange Anna)*: Du hast es auch ein bißchen zu weit getrieben.

Lange Anna: Ich?

Amadeus: Ja, das hast de; seit de Zeit hockt er im Fusel drin.

Lange Anna: Hihihihi!

Amadeus: Dat tut mich leid, leid tut mich das, er säuft ja sonst nix.

Lieschens Vater kommt nach Hause, durch die kleine Seitengasse vom inneren Viertel her, man sieht ihn also nicht, hört nur, wie er mit der Faust krachend die Haustür aufstößt.

Amadeus: Ich merk das Poltern da *(faßt auf sein Herz)*.

Pendelfrederech *(murmelt böse)*: Aus de Bibelstunde kömmt er.

Lange Anna *(stößt Eduard an die Schulter und quietscht höhnisch auf)*: Das war der Vater von es – – –

Pendelfrederech murmelt grausig.

Amadeus: Geheult hat es, als es in die Zwangserziehungsanstalt geholt wurde, wie en Madame ihr Schoßpudel auf dem Weg zum Schlachthaus.

Eduard bewegt.

Lange Anna: Da werden se es man tüchtig durchbläuen für seine Liebhabereien. – *(Kleine Pause)* – Mich hätt Ihr Bruder lieber nehmen sollen.

Pendelfrederech: Dir altes Ferkel? *(Eduard bewegt.)* Die Kleine versteht es feiner wie du. Im Nachthemd spaziert es grad unterm Mond über die Dächer. Ich lag selber auf de Lauer und schnappte nach dem Glühwürmken.

Amadeus *(zu Eduard, wehmütig)*: Einmal hab ich es ja auch gesehen.

Lange Anna: Auf mir hat es in de Herrgottsfrüh nach der Oper *(zeigt auf seinen Arm)* unten an de Wupper gelegen.

Amadeus: Ich war dem netten Dier gut.

Lange Anna *(zeigt auf seinen Arm)*: Ich soll man nix de Polizisten erzählen von de Carl, es war sein Schatz. Hihihihi!

Pendelfrederech: Verlogenes Ferkel, verkrochen hast de dir vor Carl seine fette Faust.

Lange Anna: Du lauerst wohl aus dein Deckel?

Carl und August kommen schwankend Arm in Arm aus dem Wirtshaus. Carl sieht grenzenlos verändert aus. Seine alte Primanermütze trägt August umgedreht auf einen Stock gespießt. Die drei Herumtreiber lachen. Carl erblickt Eduard.

Carl: 'nen Abend, Eduard, wie geht es mein Schatz Marzebillken? Se will mich doch heiraten. Ijo, ijo! *(Zu sich selbst sprechend im Ton seiner Großmutter)* Carl, hast de deine Großmutter lieb? *(Kleine Pause. Im seligtrunkenen Ton)* Ich hab dich ja so lieb, Eduard.

August *(neidisch; er schwankt ebenfalls)*: Laß doch den Hungerleider stehn, Carl, er soll sich das Haar schneiden lassen.

Amadeus *(zu August)*: Zeig meine beiden Kollegen molz de heilige Eva aus deine Brieftäsch, Aujust.

Die Brieftasche hängt August aus der Hosentasche.

Eduard: Das ist Pius' Brieftasche.

Es beginnt ein Wehen in der Luft.

Amadeus: Ein Spruch aus lateinisch steht auf der Hinterseit.

Eduard *(er umfaßt Carl hinterrücks)*: Helfen Sie mir doch, Amadeus.

Amadeus: Ich kann ihm nich untergreifen, mein gläsern Herz bricht in Splittern. *(Wehleidig)* En Sprung hat es schon.

Lange Anna: Nehmt mir in de Mitte, versoffne Brüders.

Er stößt Eduard zurück, der taumelnd an Frederechs Brust fällt. Lange Anna drängt sich zwischen Carl und August.

Pendelfrederech: Sin wir beide Todenvögels vereint.

Carl, Lange Anna, August wanken über die Brücke, von dort weiter. Der Nachtwind klagt wie ein Kind, Eduard fröstelt. Noch einmal klopft er leise an die Haustür von Pius' Häuschen.

Großvatter *(öffnet sein Fensterchen und kräht)*: Will se schon vertreiben, de Nachtgespenster.

Er gießt eine Emaillekanne voll Wasser herunter.

Pendelfrederech *(murmelt böse)*: Ich leg mir schlafen unterm Busch.

Eduard tritt mit gesenktem Kopf den Heimweg an.

Ende